Eu

Impresso no Brasil pelo
Sistema Cameron da Divisão Gráfica da
DISTRIBUIDORA RECORD DE SERVIÇOS DE IMPRENSA S.A.
Rua Argentina, 171 – Rio de Janeiro, RJ – 20921-380 – Tel.: (21) 2585-2000

que vou

que you

te amar

te amar

Nosso
amor puro
pulou o muro...
(Chacal)

O que se vê,
antes não era;
e o que era, não é
mais.
(Leonardo da Vinci)

Em geral, os filmes saem de livros. Este livro saiu de um filme. Não é o roteiro, mas um breve romance.

Há vinte anos, *Eu Sei que Vou te Amar* foi visto por mais de 4 milhões de pessoas, ganhou Palma de Ouro para a Fernandinha e virou meio cult para jovens, ávidos por entender esse mistério de amor e sexo.

Com o tempo, vejo que o texto virou uma síntese (oh, doce pretensão!...) de todas as "discussões de relação" — as chamadas DRs —, que são infinitas, mas, no fundo, iguais.

Nós, óbvios, estamos aí dentro.

Arnaldo Jabor

Você vai entrar pela porta que eu deixei entreaberta, há uma hora que eu não descolo os olhos da luz de neon do hall que se filtra como um prenúncio da tua chegada. Antes de você chegar você já chega como uma nuvem que vem na frente, antes de você chegar eu ouço tua ansiedade vindo, tua luz, teu som nas ruas, teu coração batendo mais forte porque vai me encontrar... Eu sei que minha presença te fará nervosa, tuas mãos ficam úmidas, sei que você se arrumou melhor para me ver, sabe dos vestidos que eu gosto, botou uma calcinha sexy por via das dúvidas, eu sei que você sabe que eu sei de tudo que você era e que teu único tesouro é o que eu não sei mais... mulher... por isso, teu peito dispara e você vem vindo pela rua sem ar, e você vem e você chega e entra quebrando o realismo da sala, quando você entra muda tudo, a casa fica diferen-

te, as cadeiras se movem, os vasos de rosa voam no ar, as mesas rodam, rodam e eu começo a perder o controle da minha solidão; sozinho eu me seguro, mas você chega e eu danço, pois você sabe de mil truques para me jogar no abismo... você chega e o terrível perigo do Outro se desenha; você é um ponto de interrogação, uma janela aberta para o ar, um copo de veneno, você é o meu medo, o mar fica em ressaca, fico à beira do riso e das lágrimas, perto do céu e perto do crime, um relógio de briga começa a contar os segundos da luta, uma multidão de fantasmas de terno e gravata me assiste com o coração sangrando, perco o controle e entramos os dois num barco em alto-mar, à deriva...

Você me chamou por telefone. Não te vejo há três meses... seis anos juntos e agora sem te ver... pela tua voz no telefone sei que você está controlando uma emoção, querendo bancar o homem seguro de si... e fico desesperada porque mesmo assim você consegue fingir solidez e eu... e eu... ao ouvir tua voz, o mundo se acalma... tudo estava rodando e se acalma, minha casa estava cheia de perigos, as facas, os garfos me ameaçavam das gavetas, as agu-

lhas, os remédios envenenados, os mosquitos e bichos voando nas janelas querendo me atacar e tua voz vem calma no telefone e eu sei que é mentira que você vive em pânico mas eu fico toda emocionada, fico toda menina, toda protegida com o falso tom de bondade sórdida que tua pose de homem prático assume... e tua voz vem do mundo dos altos, dos fortes, e eu, mesmo sabendo dos perigos que esta paz me oferece, me arrumei toda para vir aqui ver você... penteei os cabelos negros que você ama, me pintei e então... tudo que se movia na casa se acalmou, pego um táxi e penso: "Tenho um homem" e salto na rua, mexem comigo e penso: "Chamo meu homem. Ele te bate!"... Sei que você é um covarde mas mesmo assim... Desde menina você já existia como uma nuvem no ar e subo confusa as escadas e entro em tua casa louca para procurar os vestígios das outras mulheres que te freqüentam... e sei que você vai me receber sólido e filho-da-puta, e aos poucos vai me provar que você é o porto seguro e eu a galera enlouquecida, que eu sou a porra-louca e você a maravilha, eu sei, canalha, mas eu suportarei a humilhação para poder ver teus olhos e pensar: "Meu homem, meu homem, meu homem perdido e sempre eternamente meu homem"... e eu

sei que conseguirei te desagregar pouco a pouco e que no fim da noite você estará caído feito um joão-ninguém entre pedaços de kriptonita e eu ajeitarei o batom, o salto alto e partirei vingada, pensando: "Dorme, meu homem... dorme, my baby, that's my boy"... e vou voltar sozinha pro mundo onde tudo gira feito um carnaval de arlequim e vou ficar infeliz feito nada... mas vou entrar... ficar normal... te olhar nos olhos... ficar normal... a porta está entreaberta... vou abrir... no horizonte vão nascer os olhos dele... quanto menos eu falar, melhor...
Ela já está diante de mim há 55 segundos e dois décimos... eu estou obsessivo com este negócio de dirigir filme de publicidade... sei quantos segundos gasto para ir até a cozinha...

Os olhos dele nasceram... detrás dos olhos dele há outros olhos outros outros...

Ela está com um sorrisozinho maduro... e ainda está tocando esta música ridícula que eu pus... Joan Baez... que absurdo...

Guantanamera, guajira guantanamera...

Acho que ela conseguiu... não me ama mais, me superou... melhor assim, fico mais livre... sorriso calmo... me esqueceu, dancei, ótimo, chega de inferno... dois adultos...

Se ele pensa que vai me convencer que eu sou louca... coitado... quem terá jogado aquela almofada no chão?... Alguma vagabunda... comeu no chão, será? Joan Baez... ele deve estar namorando alguma petista... dura, querida... quanto menos eu falar, melhor...

— Fala!

— Falar o quê?

— Não sei... palavras...

— Você está diferente...

— Você também... vira pra cá... sabe que eu tinha esquecido do teu cabelo assim...

— Cortei... é estranho... parece outra pessoa... três meses sem se ver dá uma distância...

— Você está mais moça, ar calmo...

— É claro... diminuiu a tensão... separação dói muito...

— Claro... também estou mais calmo... menos responsabilidade, menos horário... estou mais livre... mais calmo...

— É... eu te dava muito trabalho...

— Não... não é isso... você era ótima! É ótima!... nada disso... não tem nada a ver com a pessoa em si... é mais a estrutura em si do relacionamento, entende?

Como eu estou soando ridículo...

— Claro, a gente está ótima...

— A gente está ótima... claro...

Onde estou agora? Hoje? Ontem? Que dia é hoje? Estou há muito tempo atrás?... Eu já me separei deste homem? Eu não amo mais este homem? Ou amo? Ou não ou sim? Mamãe me empurrando no balanço, eu com 5 anos... que grama verde... meus sapatinhos brancos na grama verde... já começou a vontade de chorar... não chorarei...

— É... esse negócio de casamento não dá mais pé: instituição pesada... antigamente ainda tinha a família patriarcal... os pais na mesa... a amante no bordel... hoje em dia a única finalidade do casamento é a repressão sexual do parceiro... só isso...

— Claro... estou muito mais desinibida... este problema de repressão sexual não tenho mais...

— Não???

— Nada... nadinha!... Sei que posso transar com qualquer cara que me der vontade que não sinto culpa... tem sido ótimo... tenho tido experiências sexuais ótimas...

— Claro... você precisava disto mesmo... eu era uma espécie de "deus" para você... é fundamental você transar com outros caras sem culpa...

— Claro... um cara que eu transei por exemplo... esse cara te conhece... ele é...

— Nomes, não! Por favor, nomes, não...

— Tá legal... se bem que eu sei o nome de uma porção de mulheres que você comeu...

— Eu nunca te disse.

— Mas me dizem... me telefonam pra contar... e além disso eu só saí com uns caras na maior moita... e esses caras que eu saí te idealizam, te acham o máximo... ficam perguntando onde eu aprendi a transar... eu digo que você me ensinou...

— Ótimo... estou cheio de rapazes gratos a mim... que bom! Nos bares do Rio tem uns sujeitos comentando: "Puxa, aquele babaca me fez um grande favor..." Que bom!

Ela está rindo... como é linda a boca dela... isto: boca dela... um belo ato falho, uma cadela rindo... cadela nada, coitada... uma pobre mulher... lá vou eu com minha tendência pra ser mãe dela...

Já começou... me faz rir e vai me dobrando... começo a achar ele bom... agora, é mais interessante que aquele idiota que agüentei no motel falando da Bolsa... e o dentista erótico?.. se ele soubesse que eu dei pro dentista dele... coitado... o dentista deve estar metendo o motor na boca dele... boca dele... com sensação de triunfo...

— Sabe... eu ontem fui ao dentista... ele perguntou por você... aliás estava muito simpático... me abraçou muito... me deu chicletes... uma escovinha de dentes... paguei aquela consulta tua... de que você está rindo?... Estava simpaticíssimo o Dr. Silveira...

— Nada... meu querido... é que eu fico contente que a gente não está brigando... sempre que eu te via, saía briga... sei lá, gosto de ver você alegre...

— Eu também gosto de te ver feliz, meu anjo...

— Claro... o que a gente fez foi bom para os dois... a gente não separou numa ruim... a gente separou porque era fundamental... sabe, um ciclo cumprido... acho que a gente foi bom para o outro querendo separar...

— Claro... uma das coisas que me acalmam é que eu sei que é bom pra você se separar de mim... aliás, eu acho que te torturava com uma bondade patológica em relação a você. Deixa eu explicar uma coisa: eu acho que estou com a consciência limpa de nunca ter desejado o teu mal, eu te olhava sendo objeto do meu amor e ficava inquieto pensando: "Esta mulher está sendo torturada pela minha bondade", eu te dava um mundo muito protegido, eu pensava: "Estou cometendo um crime, estou impedindo que ela conheça a dura face da vida, eu não posso continuar bancando a mãe para ela", pois eu tinha uma compulsão para te tratar bem, mas eu sabia que estava errado, aliás, eu quero te pedir perdão por isso, o único perdão que eu quero é que você me perdoe por ser bom! Me perdoa por ser bom!!!

— Olha que loucura! Você pede perdão por ser bom... bom... quer dizer, quando você era bom para mim, estava sendo mau, logo, quando você foi mau, era por bondade, ou seja, agora, pedindo perdão por ser bom, pois bondade é maldade, você fica perfeito. Não é? Você quer a perfeição! Pois eu não te perdôo! Você precisa analisar o teu lado "mau". Acho que você foi um escroto também, escroto quando foi bom e quando foi mau... Esse papo de "bonzinho"... Você foi... é mau... mau... Quer ser "bom"? "Verdadeiro", então... diz... diz a verdade uma vez na vida... não sou mais tua mulher... diz... com quem você transou esses anos, diz... tenha a coragem uma vez na vida... com quem você transou quando estava comigo?

— Eu?

— É, você...

— Bem, eu transei com uma turista canadense em São Paulo, que falava inglês mas gozava em francês... uma vendedora de enciclopédia que tinha o nome incrível de Marineide e que me levou para o Motel Pantera Cor-de-Rosa na Via Dutra, duas mulheres de fim de noite, um travesti...

— Travesti?

— É, só descobri no quarto, e também...

— Quem?

— Tua prima Jacira de porre em pé no banheiro na casa da Miriam no dia de Natal!...

— E depois?...

— Depois... depois... bem... deixa eu ver... bem... umas 27 mulheres...

— Quantas?

— Vinte e sete.

— Bonito...

— É... num espaço de 18 meses mais ou menos...

— Perfeito... e eu torturada de culpa...

— Ninguém que você conhece...

— Obrigada!...

— Mas... não fica assim...

— Obrigada!...

— Eu acho que estou sendo leal contigo... não fica assim...

— Obrigada!

Ela vai embora! Meu Deus! Pegou a bolsa! Vai embora!

— Eu vou embora... eu vou embora... não sei o que vim fazer aqui... sempre que a gente se aproxima se machuca... eu chego perto de você, me dou mal... passei meses com sentimento de culpa... e você... 27 mulheres... eu sou uma idiota... e você me acusando de ter estragado nosso casamento... com o olhar... me acusando...

— Ouve: em nenhum momento eu deixei de gostar de você... olha... deixa eu tentar explicar... estas mulheres... isso foi um exercício de liberdade que eu fiz... eu estava aprisionado num rancor monógamo contra você que ia me levar à morte... quando você se apaixonou por outro... houve entre nós... caiu entre nós um raio elétrico... não sei... e a única maneira era eu me salvar de você...

— De mim?...

— Me salvar de você... a noite em que eu cheguei em casa e você deitada assim na cama, nua, às quatro da manhã, depois de eu te procurar em todos os bares... eu parecia uma mulher e você um homem mau, entende?... E você, deitada na cama, abriu as pernas e disse que amava outro cara... parecia que você tinha crescido de repente... você virou uma mulher enorme, cresceu feito um anúncio, você ficou do tamanho do quarto e eu fiquei pequeno, um menino, eu fui diminuindo e você crescendo e quando eu saí guinchando de casa às cinco da manhã...

Ele quer me enlouquecer!...

— Eu fugi em dez minutos... fugi... fugi a pretexto de ir para um hotel... quem fugia era um ratinho, um pequeno polegar, um anãozinho, fugindo pela porta, com a malinha na mão, e parecia um marido irado, mas era um ratinho, um ratinho guinchando de medo de você, que tinha virado uma mulher gigante... flutuando no quarto feito um balão... e de entre suas pernas saía um... eu me lembro... de entre suas pernas saía um mistério... eu imaginava o esperma do outro saindo... de dentro... formando um rio, um lago onde eu ia me afogar... e eu fugi como um ratinho... de modo que quando eu transei com as outras mulheres foi uma vitória para mim... pouco a pouco... o ratinho foi crescendo... de novo... uma trepadinha ali... uma brochadinha acolá... e fui recuperando minha alma... minha alma tinha sido engolida pela tua boceta... feito água indo pro ralo... você um gigante e eu sendo engolido, eu era um anão... os edifícios altíssimos... eu só andava nos elevadores de serviço, tinha inveja de mendigo... eu pensava:

"Como eles vivem no mundo real... numa boa... pedindo suas esmolinhas"... de modo que o que eu quero te explicar é que eu estava querendo me salvar desta condição de rato e te salvar... eu te salvei da condição de giganta do mal... eu te salvei...

— Me salvou?

— É... salvei da condição de giganta do mal flutuante no teto do quarto...

— Quer dizer que tudo que eu faço é hostil, tudo que você faz é bondade?

— Não sei se é bondade ou maldade, pára com essa bobagem de bom e mau... isso não existe...

— Nem existe isso de gigante e ratinho, jararaca e ratinho, eu sou uma pobre mulher... e você um pobre rapaz...

— Hoje eu sei disso... mas aconteceu alguma coisa na nossa vida que as almas se misturaram... a gente não pode ficar junto porque morre... morre a vida, morre tudo... só fica a gente... eu me separei de você porque te amava demais...

— Repete... eu não acredito...

— Me separei de você porque te amava demais...

— Amava ou ama?

— Amava... amo... não sei... só sei que quando me afasto de você a vida fica mais real... as ruas, normais... o mundo fica mais democrático... e quando me aproximo, começa o sonho, a gelatina, tudo desmanchando, os olhos nos olhos eu vou virando um ratinho e guincho, guincho e buraquinho... pluft, entro no buraquinho e começo a morar num pesadelo, as 27 mulheres me salvaram de você, a cada uma eu ia ficando mais real... assim eu te salvei de mim também...

— Tá legal... tá bom... agora cala a boca, cala a boca... cala a boca!

Se eu acreditar nele, estou perdida...

— Dá licença?

— Cala a boca!

— Uma frase... uma?

— Fala...

— Nós dois somos vítimas de uma doença extraterrestre e temos de nos curar, você e eu pegamos uma doença gelatinosa que nos agarra um no outro, uma gosma do ET, uma gosma que nos une, e a gente quando se junta vira uma geléia, uma terceira pessoa, a gente tem de se salvar um do outro; pelo amor de Deus me salva de você e pelo amor de Deus te salvo de mim...

— Acabou?

— Se salvar um do outro...

— Chega!

— Temos de matar este amor...

— Cala a boca!

Serei suave com ele.

— Cala a boca, seu veado escroto filho-da-puta babaca filhinho de mamãe imbecil covarde escrotalhaço eu quero ver você morto!

Serei suave.

— Morto num esgoto cheio de lesmas te comendo o corpo seu filho de uma grandíssima puta do mangue e você morto esmigalhado feito um cachorro atropelado no asfalto do mangue em frente à tua mãe, aquela putona!...

— Tá legal, minha filha...

— Silêncio!!

Isto aqui é uma jarra... porta-retrato... copo... real... vida real... isto é um disco... real... silêncio... silêncio... uma doença... meu Deus, meu Deus, eu tenho de me livrar deste homem... me livrar... ele penetra tudo... é invencível porque é bom... não me mata... por que ele não me mata?... Ou morre?... Este filho de uma putona não morre... queria ver um monte de lixo como os... dois... olhos verdes dele brilhando no meio... no lixo... os dois olhos verdes...

— Quando a gente fica perto tem dez minutos de lucidez e depois enlouquece, você me enlouquece e eu te enlouqueço...

— Cala a boca!

Ah... minha querida, eu tenho é medo dessa simbiose da gente... com você eu quis mais que um casamento... eu quis tocar uma verdade, eu quis dar um beijo que ficasse, um gozo que não passasse mais, uma marca de amor que não saísse da tua pele... te marcar, te suar... virar você...

— Tudo bem... desculpe, querida...

Isto quer dizer: "Eu sou bom... Eu perdôo que você seja uma escrota que destruiu minha vida..."

— Que quer dizer "tudo bem"?

— Tudo bem quer dizer... tudo bem... numa boa...

— Como assim, cara?

— Quer dizer... eu compreendo... eu perdôo... que você...

— Que eu sou a bruxa da tua vida?

— Não, que eu perdôo teus gritos... quero silêncio...

— Ou seja, você é legal, quer o silêncio e eu sou uma puta que grita? Não é isso? Responde!

— Não grita... os vizinhos...

— Tá bem... então eu sou uma demônia que grita... não é isso?

— Não! Estou dizendo "tudo bem! Numa boa!".

— Não grita!

— Tudo bem... numa boa...

— Sabe quem é você? Você é o cara mais hábil do mundo... você sempre quis que eu te enganasse com outro cara e me induziu a isso sem eu perceber nada... você é responsável por tudo... me induziu a tudo... tudo... você sempre quis que eu te largasse... para poder um dia dizer com esta cara pura de democrata liberal: tudo bem... tudo bem é a raiz da puta que te pariu...

Isso é hora do telefone tocar?

— O telefone!

— Não vou atender!

— Atende, deve ser alguma amiguinha...

— Não vou atender! Não é mulher nenhuma... é que eu não quero me incomodar... não atendo...

Quem será?

— Estes telefones modernos têm um barulhinho irritante... bons tempos quando eles faziam triiim triiim...

— Atende logo que eu não tenho ciúme nenhum mais...

— Não!

— Alô! Um momento! Vou chamar o dono da casa!

— Alô!... Como?... Sim?...

Deve ser a tal ruiva que viram com ele entrando no bar com os cabelos pegando fogo... a ruiva...

— Como?... Não, minha senhora, não é a clínica de repouso não senhora... muito pelo contrário... aqui é o Centro Psiquiátrico de Terapia Intensiva Nossa Senhora de Lourdes!... É... não tem de quê...

Não vou rir... ele me enfraquece pelo riso... não vou rir... estou num dia de chuva no cemitério do Caju... o enterro da minha mãe, faz de conta que ela morreu... coitadinha da mamãe, tão amarelinha no caixão... coitadinha... não vou rir... mamãe mortinha...

— Bom, caro amigo... tudo bem, como você diz... vamos lá... por que que você me chamou aqui?

Ela é linda... ela começa embaixo no calcanhar pequeno e sobe pelas pernas até a boca vermelha...

— Bem... Pra quê? Não sei... eu queria... eu tenho a sensação às vezes... que a gente não sabe por que que se separou!...

Eu vou matar este cara!

— Mulher, me escuta... não é possível, deve haver a possibilidade de um ser humano escutar o outro um dia... eu sempre tenho a sensação que você não me entendeu nunca... ou melhor... eu sempre sinto que fico aquém das palavras... eu nunca consegui me explicar com você... nunca consegui passar o que sinto... o que eu sinto por você... eu queria... eu sei que é loucura... dizer uma palavra e atingir a significação plena... ser entendido, entende?

— Não.

— É o seguinte: deve haver uma palavra que, uma vez dita, muda o mundo... parece que tem um rio no meio de nós dois... e eu falo e não tem rio... aí olho e tem... eu quero dizer a você a verdade... eu te proponho... nada... a verdade é que... eu não sei por que te chamei aqui... acordei de manhã e tinha uma luz elétrica na minha mão... minha mão dava choque e o fone do telefone brilhava e minha mão foi atraída pelo fone e eu tinha que absolutamente te falar... eu tenho alguma coisa para te falar e eu não sei o que é... eu quero te falar uma coisa... mas não sei o que é... quero dizer tudo... quero que minha alma saia pela boca e eu fique estatelado morto aí no tapete feito um atropelado... nu... absolutamente visível... transparente... quero dizer tudo que eu posso para você... e... eu tenho de dar minha alma... que merda de porra de literatura escrota... mas eu não sei o que falar... eu quero...

O que será que ele está querendo?

— Eu não estou querendo nada... só a verdade...

Meu Deus... adivinhou meu pensamento... bobagem... coincidência...

— Eu quero dizer o que eu não sei o que quer dizer, e quero que você diga tudo que você não sabe o que quer dizer!...

— Mas isto é impossível!... As palavras nunca chegam...

— Dane-se! Eu quero dizer! Missão impossível! Quero missão suicida! Alguma coisa heróica tem de ser feita neste país; se nada acontece mais no mundo, se todos mentem, o heroísmo está em se dizer tudo!

Santa mãe! Como eu estou babaca, passando imagem de verdadeiro...

— Sei que é babaquice, querer ser o verdadeiro... espera... vou ser mais simples... será que a gente não podia ser puro, e falar tudo que sente para o outro... ninguém tem essa coragem... será que a gente... não podia correr este perigo?...

— Mas falar o quê, homem de Deus?

— Falar o que a gente não disse que sente pelo outro!

— Mas agora que a gente está separado? Agora que você já namorou a... Rita e eu estou de caso com o...

— Com quem?

— Com o...

Inventa um nome... inventa um, sua idiota... quem? O cara da Bolsa... como é o nome? Silveira... o dentista erótico... quem...

— Quem?

— Com o... ninguém... ninguém... tenho um caso com o Ninguém... ainda!... mas vou ter, não se preocupe... vou me apaixonar brevemente! Vou amar! Amar! Amar... eu quero um homem que me trate bem! Que me ouça, que me deixe ser mulher... me deixe sentar no colo dele e ser fraca... eu quero um homem que me compre vestidos... me traga uma jóia um dia, que seja generoso...

— Vai ser difícil... tem de botar anúncio nos classificados...

— Difícil nada! Tem mil caras querendo me namorar! Ainda não achei... só isso... quero amar... quero ser feliz! Feliz!!

— Feliz... mania de ser feliz... pára com isso... ninguém é feliz!...

— Quero namorar...

— Namora! Namora! Não adianta, você não consegue falar sem me esculhambar... eu desisto! Eu nunca, nunca vou ouvir a tua verdade! Nunca... você não vai falar nunca, você não se entrega!

— Falar o quê? Que eu te amava feito uma louca? Que o dia em que você me beijou, as pedras do chão estavam brilhando como estrelas? Isto! Comparação ridícula: os paralelepípedos eram estrelas azuis... eu olhava para você... meu amor... você era o meu amor... e você parecia um artista de televisão... tinha uma tela de luz em volta do teu rosto... parecia o Marlon Brando... e eu... olhava para você e o mar atrás do teu cabelo ficou verde-escuro e teus olhos... é o seguinte: ficou tudo sólido de repente... a paisagem... em três partes... eu me lembro exatamente... tinha atrás de você o mar... o mar ficou vivo... verde-escuro, parecia que ia entornar na praia... vinha uma luz rosa de um neon da sorveteria que já estava aceso... você pôs a mão nos meus olhos... tapou... assim... e me deu um outro beijo de leve... leve... e quando você tirou a mão... eu abri os olhos... e o mundo tinha mudado... estava tudo diferente... a noite tinha caído... parecia uns desenhos... uns riscos luminosos no ar... os postes acesos... ventava nas palmeiras... as estrelas rodando... e depois a luz roxa que entrava pela janela do hotel... você não é mulher... você não sabe o que é uma mulher abrir as pernas para um homem a primeira vez... sabendo que vai... que está apaixonada... e eu abri as pernas e o seu pau entrou... eu me lembro até hoje... quando o seu pau entrou eu pensei: "Meu Deus!... É Natal... É Carnaval!... É dia de São João... papai chegou da cidade... eu... eu... vou contar pro papai... que será de mim? Chegou um homem na minha vida que vai acabar com a minha vida!... Eu... vou contar pro papai... pra minha mãe... quem ele pensa que é?..."

Meu Deus... eu estou perdido... eu nunca vou... será que vou me livrar desta mulher?... Que é isto? Macumba? Será que nós cometemos um crime? Será que estamos sendo castigados? É um crime? Ou foi o acaso? Nós cometemos um crime e isto é castigo de Deus... só pode ser isso...

Como é que vou acabar com esse homem?

Não me mexo... de repente ela falou a verdade... vou me ajoelhar aos pés... dela... beijar os pés... eu acho que... acho que... amo... ela... eu amo ela... amoela e vou beijarela... Eu amoela e beijoela?...

Arranca um pedaço... do meu braço... me beija, homem!

Não... não faço nada... pra ser chupado pra dentro daquele buraco negro que esta hija de puta habita? Esta tarântula tarada? Tarantela... não... não vou beijarela apesar de amarela... creo que estoy me quedando loco, carajo...

Ninguém se mova... ninguém fala... eu não falo... vamos ver quem agüenta o silêncio... ele não agüenta... o silêncio...

Ela se expressou bem... inclusive com qualidade literária... aquelas estrelas de Van Gogh no céu escuro... bom texto... ela está triunfante... ou seja... ela me amou mais do que eu a ela... logo eu, medíocre, estúpido, menor, fui aquele que estragou tudo... não fiz jus... jus... ao amor incrível que esta galinha me dedicou... aqui ó... aqui ó!

— O quê?

— Aqui ó... você não quer um drinque?

— Eu sabia que você não agüentava!... é impressionante como este cara não agüenta ser amado!... Agora quando eu falei um pouco de verdade... de emoção... "aceita um drinque?" Que drinque? Cara... tu é barman, que drinque? Só se for coquetel das minhas lágrimas com tua hipocrisia!... Olha, essa bobagem de "quer um drinque?" é o símbolo de tudo que nos aconteceu nos últimos anos... você não sabe o que é o amor!... Eu não te culpo... eu te entendo... é teu sintoma... você não consegue, que que eu vou fazer? Tudo bem...

Ela vai embora!... Meu Deus!...

— Se você soubesse o que jogou fora... eu nem vou te dizer... que seria uma violência contra você... se você soubesse como jogou fora o amor de uma mulher...

— Como, joguei fora... como?

— Pouco a pouco...

— É?...

— É... pouco a pouco... matando o amor... eu tentava te avisar... e você... errando... errando...

— Mas eu não percebia...

— Você não percebia nada... cara...

— Quer dizer, eu percebia... mas sempre dois segundos depois... sempre que eu fazia uma besteira, eu percebia dois segundos depois...

— Pois no dia seguinte ao casamento você não me diz que... é incrível... ai meu Deus... jogou tudo fora...

— Disse o quê?

— Não me diz... que trepava melhor com aquela Jandira... a Jandira Aranha?... "Olha, eu trepo bem contigo, mas a Jandira Aranha é espetacular..."

— Minha mãe... e eu levei dois anos e meio para consertar uma frase...

— Dois anos... e daí?... eu quase fiquei fria... cada vez que eu ia gozar eu pensava: "Lá vou eu ter um orgasminho ridículo perto do prazer da Aranha... ele está comparando... lembrando dela... será que ela gemia?" Eu pensei até em latir... e aí... ia, ia e pronto... orgasminho ridículo...

— Meu anjo... eu já te disse que falei na Aranha porque tive medo do amor por você que era enorme...

— Como, medo da Aranha?...

— Não, medo da Aranha não, medo do "amor"...

— Tudo bem... mas isto você fazia sistematicamente... sempre que eu me entregava... você dava um chega-pra-lá... sistemático como agora: "Aceita um drinque?"... Falar na Jandira Aranha no dia seguinte à cerimônia...

Meu Deus, como essa mulher me enfraquece... estou fraquinho... Me sinto uma "mulher"...

— É!... eu estrago tudo!... Aliás estou me sentindo até tonto... estou... meu Deus... fraco... ai... ai... estou com uma dor aqui no peito... ai...

Acho que ela não vai mais embora...

— Aqui no peito... ai... meu Deus... falta de ar...

— Respira fundo... aí...

— Tudo bem... ai... já está passando... deve ser ar... não é enfarte não...

— É cigarro...

— Parei de fumar... agora ando com a mania de chupar o dedo... toda hora... chupar o dedo. Mas é isso aí, minha filha... me perdoe... é que quando te conheci eu estava muito inseguro... eu estava péssimo... eu me lembro que morava com um índio... um índio que pintou numa filmagem em Rondônia e veio pro Rio atrás de mim... tomava porres terríveis e cantava músicas em carajá... eu morava num terreno em frente ao cemitério com aquele índio cantando... era um bodão aquele índio... um dia... foi a primeira vez que eu te vi... me convidaram pra uma festa... foi a primeira vez que eu te vi... você nem sabe... uma festa... aí eu saí de casa pensando: "Hoje alguma coisa boa vai acontecer comigo... eu já estou há um ano e dois meses em depressão... acho que vai melhorar." Tranquei o índio no quarto... e fui à festa... entro... engraçado... antes, eu vi teus cabelos... antes de te ver... eu vi teus cabelos... você estava parada e eu te vi de costas... e comecei a tremer... parecia que eu via num segundo tudo que nós íamos viver nos tempos futuros... eu me lembrava de repente... eu me lembrei... isso... a sensação é que eu me lembrava de tudo que ia acontecer... aí... você virou o rosto... rindo para outra moça... não me viu... eu vi teu rosto... aí não vi mais ninguém... até que eu te conheci e fomos para a cama... a primeira vez que eu entrei em você parecia que eu entrava numa floresta quente, úmida, que eu atravessava um portão que eu nunca poderia cruzar de volta, era uma zona proibida, nova, a primeira vez, eu pensei que nunca ia parar de gozar, nunca, uma sensação de gol, gol do Brasil, sensação de vitória no ar, bandeiras, foguetes... e eu pensava... pensava: "Meu Deus, esta menininha me dando isto tudo, estes prazeres todos, será que o pai desta menina não cuida dela? Ninguém cuida? Ninguém vai fazer nada? Vão deixar ela me enlouquecer aqui nesta praia de madrugada? E a polícia, que não vê isto? Ninguém toma uma providência?" E o sol nascendo, a bandeira vermelha do posto, e eu pensava, viva o partido comunista, viva o sol nascente, viva o Japão, e o céu violeta fugindo das estrelas de madrugada...

O que me faz sofrer é sentir que o que encheria qualquer mulher de felicidade, ou seja, ter o teu maravilhoso amor de homem e as coisas lindas que você me diz, tudo isto me causa ansiedade e me leva ao desespero. Quanto mais eu penso em me entregar a você novamente, tanto mais terror eu tenho do que seria de mim se teu amor ainda ardente se apagasse...

— Ai!... Meu Deus do céu... como a verdade de um homem é diferente da verdade de uma mulher...

eu... eu... fiz tudo pra essa mulher... mas ela só lembra dos erros... mulher só contabiliza coisas negativas... só... "estraguei a vida dela"... tá legal... e as milhares de vezes que eu a protegi sem ela saber, hein? E a mão protegendo dos golpes do mundo, hein? E a contemplação muda da ingenuidade, e os ensinamentos discretos? E a carícia desinteressada? E a ejaculação contida pelo bem dela? E a muda concordância e a bobagem consentida para evitar o triunfo sobre a juvenil ignorância? Nada conta? Nada... nada... conta o quê? Conta uma frase que eu disse sem querer sobre uma ex-namorada... Isto pesa mais que tudo!... Quer dizer... esta senhora... esta senhora está a fim de me sacanear!!

— Você está falando com quem?

— Eu?... Sei lá!... falando com alguém que faça justiça... isto: estou falando com a Justiça! Não é possível que isto fique impune! A senhora não pode ficar impune! Não pode... vejam vocês... os senhores jurados já notaram que eu faço jingles... jingles pra tevê... pois eu estava filmando o seguinte jingle: uma geladeira em cima de uma montanha e um pingüim de cachecol. Filmo aquela bosta o dia inteiro... dia do aniversário de quem? Da princesa... volto correndo pela encosta abaixo... chovendo, naturalmente, chego cheio de lama na butique de vestidos vaporosos e desbundados que a princesa não gosta de roupa careta, chego em casa com o presentinho, que que a princesa diz, hein? Diz: "Está querendo me comprar... comprar meu ego!"

— Nunca disse isto! Adorei aquele vestido... uso até hoje...

— Disse, sim senhora!... Disse, sim senhora!

— Pára de me chamar de "senhora"!

— "Senhora", sim! Tratamento dado a princesas, aos privilegiados da sorte! Até o dia que a senhora fizer um estágio na Baixada Fluminense num tanque de roupa será chamada de "senhora"... Meus senhores!!... Senhores jurados!! Eu amava esta mulher! Às vezes eu acordava de madrugada e ia olhar pela janela... tinha uma janela baixa que dava pra um jardim... rosas... rosas...

Ele me leva para o parque de diversões... ele é louco... me leva pra teia de aranha... me faz rir e me dá facadas...

— Rosas... eu olhava minha mulher dormindo... e pensava: "A vida é perfeita." Rosas brancas tremem, a grama está molhada, nosso quarto, o rosto dela... a vida é perfeita!" O mundo era harmônico, eu tinha organizado tudo pra tua felicidade, e você destruiu! Você dormindo... o mundo era harmônico... então você quis ir embora... me abandonou... e destruiu tudo...

Ele... me beijava muito... me amava, me cuidava como se eu fosse um milagre... ele me namorava... E eu pensava: "me mama me mama como se eu fosse uma mama uma mama... ele me lambe ele me lambe como se eu fosse um sangue, um sangue que ele precisa pra vida pra vida eu sou um milagre num céu aberto e ele me ama... me ama tanto... mas... no fundo... meu Deus... meu Deus...

que medo... que medo eu tenho... ele é um céu ele é um céu cor de sangue e no alto do céu, eu vejo eu vejo... no céu eu vejo uma rachadura, um rasgo que vai quebrar... que medo... há uma coisa terrível neste amor que ele me dá... ele me ama por ele e por mim... ele é nós dois... ele não me deixa amar... este céu perfeito me dói... esta felicidade é insuportável... um rasgo no céu... como eu vou nascer um dia?"

— Quer dizer que o senhor é defensor do mundo harmônico e eu sou a praga... a poluição? Ou seja: o senhor é bom... e eu sou má! É isto?

— É... exatamente!... Eu sou bom e você é má...

— E por que nos momentos de amor que você tem por mim eu estou sempre dormindo, feito morta? Teu mundo "perfeito" é o seguinte: você livre me observando e eu dormindo, ou morta, ou eu em estado de coisa, parada feito um objeto dos teus sonhozinhos poéticos baixo nível... não tens nenhuma lembrança de mim andando na rua? Comendo cachorro-quente? Dando mamadeira para nosso filho? Eu também contemplei o doutor dormindo enquanto eu trocava fraldas! Eu sou boa! E você é mau!

— Ótimo! É só isto que a gente quer provar. Pronto! Podemos fazer silêncio... está tudo resolvido... anos para chegar a esta conclusão... Pra que você viveu com a fulaninha? Para concluir que ela é uma filha-da-puta... e a senhora, dona Fulana, responda que ganha vinte caixas de sabão em pó OMO, o que lava mais branco!... Fez o teste da janela? Fiz, sim senhor... e então, dona Fulana? Meu marido é um sujo... Muito bem... e a senhora? Eu... eu lavo mais branco... eu sou pura e branca!... Muito bem... é isto aí! Seis anos para chegar a esta conclusão. Aliás, chega! Não agüento mais este papo... O Brasil está devendo cem bilhões de dólares... As multidões estão aí fora urrando de fome! Ouça! Ouviu? São as multidões... e a senhora e eu levando este papo de Sartre e Simone de Beauvoir, este lero-lero de casal! Isto não tem a menor importância para a vida humana! O mundo vai acabar e nós aqui nesta mediocridade, com o processo histórico lá fora!

— Caguei pro processo histórico! Caguei para a política internacional, para a guerra no Iraque! Só me interessa provar uma coisa na minha vida...

— Que eu sou um canalha e que você é ótima!

— Exatamente!...

— Olha... essa conversa não leva a nada... pelo amor de Deus... vamos fazer um silêncio... a senhora não tem nada mais de objetivo pra me dizer... ou pedir... tem?

— Não...

— Então... é... é... melhor... você ir embora...

— É... eu... eu... já estou indo...

— Claro... é melhor... você vai embora... eu fico aqui...

— É lógico... você... me...

— O quê?

— Não... você... me desculpe... eu te... atacar... eu... vir... aqui te incomodar... me desculpe...

— Não... que... nada... eu que chamei... nada... me desculpe também... Por que você está chorando? Não chora, minha linda!... Não chora... não há motivo... o momento não é próprio...

— É tão triste... é tão triste a gente se separar... você deixou um pijama velho no armário e eu nem tirei de lá... de noite eu vou lá espiar, virou um vício secreto... às vezes de madrugada eu vou lá olhar o pijaminha... seu pijaminha... olho e parece... que você morreu!... Como é difícil... não chora você também!...

— E eu? E eu? Pensa que é fácil pra mim?... Eu ando na rua, eu olho um letreiro, tá teu nome... passa uma mulher... vejo você... outro dia chorei diante de uma loja onde estava escrito: "Canos e silenciosos"... não sei por que este nome me deu uma nostalgia absurda... canos... e silenciosos... a gente está emocionado agora... mas a gente quis... você quis separar, não quis?

— Não sei mais de nada... de repente acho tudo tão louco, a gente estar separado... eu dormindo do mesmo lado da cama como se você fosse voltar de noite... durmo mal... parece que você morreu...

— E eu? E eu que tomei outra noite um copo de vodca e dois Valiuns e acordei às quatro da manhã, deitado sabe onde? Perto do tanque... deitei na cama e acordei no tanque... chorando... você pensa que é só você... Eu estou tão sozinho que pensei até em comprar um cachorro, mas depois desisti, com medo que ele me descurtisse...

— E eu? Você não sabe... olha... não diz pra ninguém... mas sabe aquela planta, aquele antúrio grande que tem na sala?... pois é... tenho medo dele... medo... não rego mais pra ver se ele morre, mas aí... tenho medo de ele se vingar... de noite, planta carnívora... e rego ele, sem olhar... medo de planta... é...

— E eu?... te disse... fico falando com você... dia inteiro na rua... ando... e falo mentalmente com você ao meu lado... discuto a relação sozinho... separei mas continuo discutindo a relação, monólogo conjugal... outro dia virei para um chofer de táxi português e disse: "O que te estraga é esse teu lado Country Club"... para um chofer de táxi... você pensa que é só você que sofre?

— Mas você é homem!... Você não sabe o que é uma mulher solta no mundo... todo mundo mexe, não posso tomar um mísero chope sozinha...

— Mas também você não vai casar só pra poder tomar chope...

— Não... não é isso... é que é tão triste...

Eu vou ficar maluco por causa dela... tenho certeza que meu fim será triste... vou acabar na maior merda...

— Olha... não é bem assim... você quis separar, minha filha!... Quem é que pôs a minha mala na porta do elevador... assim... pronta... quem foi, hein, linda?

— Eu pus... claro...

— "Claro", não!... Quem foi que deu prazo pra eu sair até segunda-feira?

— Foi...

— Foi quem?

— Eu... fui eu...

— Pois é... porque senão o negócio fica muito louco demais... você e eu quisemos separar como dois adultos... é ou não é? Seja mulher!

— É...

— Então diz para mim: "Eu me separei de você porque eu não te amo mais"...

— Eu me separei de você...

Minha empregada me deu uma tristeza hoje... eu quis ficar no quarto dela... sentada... vendo ela cos-

turar... feito quando eu era pequena... quando eu era pequena ventava tanto nas roupas do varal...

— ... Eu me separei de você... porque não... te... amo mais...

— Isto!... É a dura verdade... mas a verdade é sempre... revolucionária... já dizia Lenin, ou Maiakovski... é batata! Isto... não sou mais teu homem!... Você me olha e não sente mais emoção... diz... não é?

— É... eu te olho e não sinto mais...

... Meu Deus... por que o corredor da minha casa era tão profundo... só a infância é verdadeira... por que as árvores ficam escuras e tremem?... por que o mundo era tão lindo e sinistro? E hoje só esta areia seca... e eu que pensava: "Vou crescer... vou casar com um vestido de baile branco... um sonho de valsa... vou casar com um oficial de marinha... lindo... vou dançar..." eu achava meu futuro um luxo... meu Deus... que luxo era meu futuro!... E agora...

— Não sente o quê? Diz... mulher...

— O quê?... Não lembro...

— Diz que você "não sente" por mim!

— O que eu "não sinto" por você?... Nada... eu não sinto nada... por você... nem ódio... nem culpa... nem ressentimento... nem nada...

— Nem amor?

— É... nem...

— O quê, diz!

— Nem...

— Diz logo...

— É... Nem amor.

— Pois é, minha filha, por isso que não podemos ficar chorando feito dois idiotas separados... senão a vida fica ilógica, entendeu? Ilógica. É necessário lógica! Lógica simbólica, lógica matemática! Se separou, não se ama mais!

Quando ela disse "olha, terminou o amor", veio uma dor clara e o mundo se abriu. Ela era minha, minha minha minha mulher... agora que eu a perdi... ela é tudo... ela está tão longe... tão grande... vejo o corpo dela no céu... virou uma constelação... lábios verdes, bandeiras negras, raios azuis. Como uma mulher pode ficar tão mágica? Milagre... me chama, me mata, mulher de luz, me leva me leva pra eu chorar no teu colo na praia do planeta mais longe... me leva me mata joga meu corpo no espaço, mas não me abandona!

— Eu repito, minha cara, é preciso lógica! Se separou, não se ama mais!!! Causa, efeito! Isto é uma lei da natureza. A maçã cai da árvore, vai pro chão... absurdo a gente achar que não agiu como quis... ora, minha cara amiga, o amor não é maior que a vida... a vida é maior... existem mil pessoas maravilhosas no mundo... claro que há um período de transição... de acostumamento... tanto que eu acho que a gente não devia ficar se vendo... acho mesmo...

— Quem me chamou?

— Fui... eu... sim... mas não devíamos...

— E você? Não me ama mais? Diz que não me ama mais! Seja homem!

— Eu?... Eu... te respeito... te quero bem... poxa... maior amizade, saca, tremenda ligação... seis anos na mesma cama... é uma troca de estímulos nervosos... mesmo do ponto de vista da teoria dos reflexos condicionados a gente fica com uma relação de estímulo e resposta com o outro: toca a campainha! Pim! Chegou o outro! Tcham! Ela! Ele! Luz! Ação! Entende? Reflexos... Coisa natural do ponto de vista científico... mas eu... não...

— O quê?

— Eu... não te...

Por que será que eu quero que as mulheres me abandonem?... Eu sempre vejo as mulheres indo embora... quando vou ser feliz de novo, feito na adolescência?...

— Eu... não te amo mais...

— Você está dizendo a verdade mesmo, está?

— Não tenho a menor noção do que é a verdade, mulher! Caguei pra verdade, a verdade é uma coisa escrota, uma nojeira filosófica inventada pelos monges do século XIII, que ficavam tocando punheta nos conventos, verdade o cacete, interessa a objetividade! Se nós nos separamos porque quisemos... vamos em frente, dane-se esta coisa imunda chamada verdade, mulher! Mas... se você... quer... estou dizendo a... verdade... sim... estou dizendo a verdade...

— Então, mente... Diz uma coisa bonita pra mim...

— O quê... Dizer o quê, minha filha?

— Mente. Diz que me ama.

— Eu te amo... te adoro...

— Diz que não pode viver sem mim...

— Não posso viver sem você...

— Diz: "Eu morro se você não voltar"...

— Eu morro se você não voltar...

— É isto que eu queria ouvir! Você é um mentiroso! Um nojento dum mentiroso, de sua boca só saem boas mentiras, seu mentiroso!... Por isso que você não presta!... Fica aí me enganando!... Dizendo que me ama!... Seu mentiroso! É por isso que eu não te amo mais!...

— A verdade é o quê, hein? Diz, bonequinha! É amar uma pessoa só? É ser normal? É ser louco? É amar todo mundo, amar ninguém?...

Estou ficando louco, quero um milagre, estou ficando louco, quero um milagre... um crime, um veneno, adeus amor, estou indo, adeus amor, estou indo para a sujeira, quero a luz da sarjeta, adeus pureza, quero o sujo, quero o que ninguém quer, adeus amor, e tua alma branca... adeus amor, você e teus cabelos, adeus amor, você e a nossa felicidade...

— Pois saiba que a família é insuportável!!! Todos os homens e mulheres ficam loucos dentro de casa!!! A casa é pequena demais pro desejo humano... eu não sei o que é o amor!!! Quando eu estava casado vivia indo aos puteiros da cidade, mergulhando na mais doida sordidez, e de noite eu ia para casa purificado, de banho tomado!!! Só assim pode haver o pai de família exemplar... eu era um marido exemplar que mergulhava com as putas em piscinas sujas!

Por que será que o céu dos meus sete anos tinha tantas estrelas?... A vida vai piorando à medida que você cresce? A morte é um deserto que vai sendo descoberto?... Só os sonhos existem? Estou ficando louco, estou mergulhando numa piscina de espelhos quebrados...

— Uma vez... rondando pela noite... eu peguei uma mulher na rua... linda... loura... igual a Marilyn Monroe... levei pro motel, na hora! Cheguei lá e vi que era um travesti... lindíssima... e aí... aí...

eu fiz ela me comer... eu fui comido pela Marilyn Monroe!!! Eu olhava no espelho e via a Marilyn Monroe me beijando as costas... eu... um pai de família brasileiro... um homem de bem... graças a Deus... dei para a Marilyn Monroe! Eu via seu cabelo de ouro no espelho... suas unhas vermelhas... e sentia que havia um homem mau morrendo em mim... morrendo... morrendo... um macho canalha morrendo em mim... Eu, campeão de vôlei... forte... morria... morria... E eu me sentia livre... graças a Deus... me sentia uma vedete... ahhh... de dia eu era marido... de noite... me sentia uma mulher... fazendo trottoir pelas ruas do Brasil!!!

Entra um vento na casa e me leva com meu vestido branco... por cima das casas... voando... minha família lá embaixo... vendo... vou ventando... pro céu...

— Depois, eu me apaixonei pelo travesti!... Comecei a procurá-lo toda noite... parado como uma estátua de luz, no asfalto negro... que linda e corajosa que ele era... e eu só pensava nele... me esperando debaixo do poste de luz!!! E depois eu voltava para casa te amando mais... isto! Eu gostava de você e dele ao mesmo tempo! A minha querida santinha em casa... e a guerreira loura na noite... esta é uma verdade! E vai muito além do "eu te amo ou eu não te amo"... Um dia ele ou ela desapareceu e eu fiquei doido, rodando as ruas atrás dele... dela... goodbye Marilyn... Never more!... Nunca mais... eu amava você e ele ao mesmo tempo!!! E você me pergunta o que é o amor?... Eu me apaixonei pela Marilyn Monroe!...

Meu Deus... ele chora... tanto... tanto... Por que ele se trancou nesse banheiro? Será que vai cortar os pulsos?

Por que esta desgraçada não vai embora? O que é isto que me aconteceu? Por que ela não morre e me deixa em paz?... Vou me trancar neste banheiro sozinho, silêncio, meu Jesus, silêncio, espero que ela vá embora... ou não? Não vai embora? Ou vai? Minha cara no espelho, vou fazer todas as caretas possíveis, quem disse isso? Rimbaud?

Minha cara no espelho... Fala comigo...

"Boa-noite, senhor, que lhe aconteceu? O senhor está transtornado!"

"É o seguinte, amigo transeunte espelhar, eu era feliz, um robô feliz na minha mediocridade, até que uma mulher replicante fez isso comigo, uma mulher biônica chamada Carmen, uma batedeira de ovos que evoluiu!..."

"Não brinque comigo, robô!! Diga seu número de série! Over!"

"Meu número de série é 2.447 e fui construído em 1949 pelo engenheiro sul-vietnamita Fuck Ya... Meu nome é Daisy... would you like to hear a song?"

"Yes, Daisy!!! Sing it to me!!!"

"Daisy, Daisy, give me your answer, do, I go crazy just for the love of you..."

Vou soprar vapor no espelho e desenhar minhas lágrimas...

Ele está trancado neste banheiro... acho que vou embora... ave maria... cheia de graça o senhor é convosco bendita sois vós entre as mulheres santa maria levai-me aos céus... levai-me aos céus?... Como? Meu Deus... como é a ave-maria? Nem rezar mais *eu sei, meu Deus... vou-me embora desta casa e sair por aí. Como vai ser bom eu sair por aí, vou pela praia molhando os pés... até o Leblon... andar pela praia até o Leblon... encontrar o Tom Jobim... se o Tom Jobim se apaixonasse por mim poderia me salvar... me salvava desta merda... e eu diria: "Querido... o Tom me ama... e como você é inferior a ele hierarquicamente na escala da humanidade, como ele compôs músicas lindas como Lygia e tua obra-prima é aquele jingle em que a gelatina Royal dança um samba com o pudim Royal... eu irei com ele... fique, seu medíocre..." Ai, minha mãe!... Preciso ir embora... cuidar do meu filho... estou pirando aqui com esse cara... Ah... meu Deus... vou embora!... Ele saiu do banheiro!...*

Ela está me olhando... acho que vai embora... vai... vou me jogar naquele sofá cobrir minha cara com o Jornal do Brasil... Não quero ver ela sair...

— Bom... querido... eu já vou indo... vê se pinta...

Por que será que ele está com o rosto tampado com jornal?... Parece um atropelado... Não quer me ver...

— Bom, eu já vou indo...

— Tudo bem... tchau...

— Fica com Deus...

— Você também...

— É melhor assim... cada macaco no seu galho...

— Também acho melhor...

Será que ele está chorando debaixo do jornal? Está com o rosto tampado!

— Bye bye...

— Vai pela sombra...

Pronto, acabou... ela vai abrir a porta... que eu deixei entreaberta para ela chegar, vai pisar no hall onde há a luz branca de neon... Pronto! Bateu a porta!... Vai chegar na rua e começar a me esquecer... e ela vai mudando na rua, as vitrines, os risos, e eu vou ficar aqui dentro no chão, com este jornal na cara, mudando também, mudando mudando... sozinho... sem ela... sozinho... mas eu um dia me vingarei...

— Vai!!! Vai, sua filha de uma grandíssima vaca!!! Imagina se eu ligo que você vai embora!!! Pode ir, minha filhinha, pros braços de outro homem!!! Vai!!! Nem ligo!!! Andarei pela casa, forte e solitário!!!

Meu Deus!!! Ele pensa que eu fui embora... não me viu aqui perto da porta!!! Ele pensa que eu fui embora!!! Com a cara debaixo do jornal, ele pensa que eu fui embora!

— Pode ir embora, sua vaca!!! Dane-se!!! Mas você não está contando com o caminhão da Coca-Cola que vem descendo a rua e pronto! Te atropelou! Sumiu no mapa! Mais uma vampira que desaparece! Se você soubesse da tua crueldade... eu queria que você soubesse a verdade, a verdade crua, mas eu não digo quem ela é, frente a frente, por pena!! Pena! Senão, eu diria... mas agora que eu estou sozinho eu direi! Eu direi!

Meu Deus! Ele ficou louco! Está andando pela casa falando sozinho e não me vê aqui neste canto de parede...

— Sabe quem você é? Sabe? Ouça bem! Faz de conta que você está na minha frente, no fundo de um beco, sem ninguém olhando, eu vou sumir no mundo... mas antes você vai saber quem você é... você... é um tubo! Um tubo... é... por cima do tubo entra a comida, que desce até o intestino e sai em forma de merda do outro lado, sabia? Esta é a primeira, a primeira humildade que um ser humano tinha de ter: eu sou um tubo! Um tubo processador de merda... começa aí a humildade... mas pensam que ela sabe que é um tubo de merda? Que um belo dia vai pro buraco? Não. Ela não sabe que é um tubo, ela pensa que é diferente dos outros tubos... do resto do mundo... "Não... eu sou uma pessoa... simples... doce... meu defeito é que eu sou doce demais mas eu quero um dia desreprimir minha agressividade!... Mas eu sou doce..."

Doce é o limão, minha filhinha... doce é o mais ardido dos limões perto da tua crueldade absoluta... nunca confie, meu amigo, numa delicadeza doce!... daí é que sai a morte!

Ele está louco e cego... ele continua sem me ver aqui colada na parede... vou virar parede... vou ouvir tudo... ele não me vê...

— ... Um dia você me deixou em casa e foi se encontrar com um novo amor... eu sabia que você tinha um amante... no seu silêncio você dizia "eu tenho outro"... dizia, na fria desatenção comigo, "eu tenho um amante"... dizia no sorriso frio... "eu tenho um amante"... E eu atrás te cobrindo de carinhos, implorando que você não me matasse e eu adivinhava que a morte vinha, que vinha a guilhotina lá do alto... Eu olhava para o alto e via a lâmina lá no céu escuro, chovendo, a lâmina que ia cair no meu pescoço e eu tremia todo, tremia de pavor... e quando ela botava um vestido eu via estampado na seda "eu tenho um amante"... ao pentear o cabelo ela estava dizendo, no batom ela estava dizendo "eu tenho um amante"... e vou gozar a tua dor... e tua boca vermelha sorria... fria... ondulando na minha febre na minha vertigem... e eu? E eu? Pensava eu... e eu? E eu? Eu? E eu, pensava eu! Ah ah ah ah! E eu? E eu? Pensava eu... onde fico? Onde é que fico? Vou ser abandonado na estrada, jogado fora feito um casco de cerveja? Na lama do meio-fio? É bom eu lembrar disso quando alguém ficar angelical pra cima de moi!!! Eu sabia... comecei a perceber... "ela não me ama mais!" Ela parou ontem... ou foi anteontem, ou trasanteontem?... Que ela parou de me amar?... Igual a um relógio que pára... ela parou de me amar!... Como um relógio de cuco pára de repente, assim de repente... ela parou de me amar!! As mulheres... as mulheres são umas putas escrotas mais malvadas que os homens porque elas param de amar e o homem não pára nunca de amar! O homem não pára de amar! A mulher pára!... A mulher pára... o homem não!

"A que horas, minha senhora, a senhora parou de me amar e começou a amar fulano de tal?"
"Bem... eu ia andando pela rua do Ouvidor fazendo umas comprinhas com o seu dinheiro, quando mais ou menos às três e quarenta e cinco da afternoon, do pommeriggio, de la tarde... eu parei de te amar!! E assim... tipo de repente... e comecei a amar então fulano de tal... que nem sabia de meu sentimento para com ele!..."
Quer dizer... são absolutamente psicóticas... e eu contando anedotinhas atrás dela, cada vez mais carente, mais zeloso como marido...
Ela me deixou comê-la umas duas vezes antes de me matar... umas duas vezes... assim feito os condenados que fazem uma refeição boa antes de morrer... e numa das vezes ela parou no escuro do quarto e na contraluz da janela eu vi... ela comparou... meu pau com o pau do amante desconhecido... eu vi pela luz que me ilumina!

E eu atrás... eu via a boca silenciosa de batom ondulando no ar, dizendo "eu não te amo mais"... e eu? E eu? Eu? Pensava eu... e eu? Et moi? What is going to be done with me? What is going to happen with me? Que vão fazer comigo? E... de repente... eu... entendi... que a única função que eu tinha na porra da minha vida era a de ser abandonado! Aquele anjo ia voar para a vida, a liberdade, para si mesma, e eu, aterrado, descobri, senhores do conselho de sentença, que a ré, aquela mulher, tinha como único fito da vida me abandonar... eu era o passado... a sujeira que tinha de ser limpa para que a vida corresse, o sangue se renovasse... Eu era a morte... e aí... eu descobri mais aterrado ainda que eu estava virando mulher... eu... eu... era a mãe dela!... Que seria abandonada... não o pai... ou o avô... mas a mãe!... Que abandonam num asilo e não visitam mais... era eu!...

E daí eu concluo, para que todos saibam, qual é a finalidade do homem bom: A finalidade do homem bom... é ser abandonado pela mulher... para isso foi construído o homem bom... também conhecido como babaca ou otário!!

— Falando sozinho, seu filho-da-puta!?

Ela! Ela! Ela, ela não partiu! Estava aqui o tempo todo!... Estou perdido!

— Meu anjo! Minha querida!! Ora, querida, você ainda estava aí? Que surpresa!... Mas, olha, não leve a mal o que eu disse, hein? Blablablás... palavras o vento as leva...

— Silêncio! Eu quero um longo silêncio agora para mim! Ouve minha voz! Ouve bem! Eu... Eu!... Não falarei Eu!... eu não existo mais como Eu!... quem é eu? Duas letrinhas andando?... Não digo mais Eu... como descrever uma mulher? Com a palavra "eu"? Uma mulher pode dizer "eu"? Não, "eu" não... talvez "mim"? Ou então... "talvez"... "Mim" vai mal... talvez... eu talvez vai mal... ela... coitadinha dela... oh... que fizeram com ela?... Ela é culpada de tudo... Quem é você? Eu sou ela... ah Ella Fitzgerald... one day he'll come along... the man I love... ela sempre esperou o homem que viria na bruma... the man...

o oficial de marinha que vinha na bruma... ela... eu... fui crescendo... ela se lembra... um dia a mãe dela dizendo: psiu... deu formiga na calcinha dela no banheiro... sabe o que é?... Menstruação próxima!... Temos que tomar providências... está menstruadinha... virou mocinha... Repressão nela, senão ela começa a dar para os menininhos e vira... uma putinha... tira ela do balé, nada de suíte quebra-nozes, e botar ela no café-society para arranjar um marido rico... anda... ela tem de andar com o pezinho pra dentro, assim... pra mostrar que não é... galinha!... Ela vai sempre ser... boazinha!

— Eu posso explicar... aquilo que eu disse...

— Silêncio! Não sou eu... quem fala... é ela!! Deixa ela... falar...

Meu Deus... Ela está calma... Sua fúria é tão calma...

— Minha mãe falando para as amigas:

"Tirei ela do balé! Ambiente, sabe... ah que ambiente!... bailarinas... ela não: ela vai ser cocadinha do Country... o pai disse 'tira! Ambiente...' dizem que tem umas meninas bailarinas... que... imaginem... que... fodem... fodem... tirei a minha filhinha porque não quero que fique aí arriando... as calcinhas... sentando com a bundinha no pires de leite... e dando... dando... dizem que tem um tarado aí que senta a bundinha das meninas no leitinho do pires e... desculpem a expressão... mas taca-lhes a vara!... Eu, graças a Deus... só tive relações com meu marido... tentações não faltaram... mas eu nunca... nunca!"

Num ambiente assim eu fui criada... minha vida foi isso... um balé interrompido... e eu linda linda... 15 anos... eu tinha medo de tudo, absolutamente tudo... eu queria ter dançado... e achavam que eu ia dar um mau passo... mau passo... meu Deus...

O que uma mulher tem que as outras não têm?... Quem é ela?... De onde ela fala? Do meio das palavras vai sair uma estrela? Ou uma estrela vai nascer da bocetinha?... Ela vai comer meu pau e eu vou virar mulher? Vou virar ela? Será que um dia ela vai me matar?...

— Eu agora tenho 18 anos... e eu... a cocadinha, a mocinha... somente pensa... o dia inteiro... numa única e solitária coisa: em sexo... em corpo... em sexo... sexo... homem... pau... pau... pau... pau... quero ver como é um pau... todos meus sentimentos e ações andavam em volta do erotismo... mas eu não podia... não conseguia... me masturbar... quando menina... dez anos... uma vez tentei... minha avó entrou... meu Deus, gritavam... essa menina!... caiu a bandeja dos docinhos do meu aniversário... amores-perfeitos no chão... os docinhos no chão... eu com o dedinho... um cheiro docinho... fulana, corre aqui... minha avó... E eu? E eu? Eu então decidi... eu nunca mais penso: "O que é que eu quero?" Nunca mais. Só vou pensar: "O que querem que eu queira?" Vou obedecer sempre. Obedeço e ganho o doce. E obedecia. Obedecia... mas, quanto mais eu obedecia... mais consciência pesada... mais consciência pesada... eu vivi sempre com uma pedra na cabeça... culpa... o dia inteiro... "Vou ser sempre agradável"... e consciência pesada... "que crime eu cometi, meu Deus? Eles sabem... sabem mas não me dizem!" Desde pequena me deformaram com um veneno terrível: a culpa... Primeiro em relação a mamãe... a Deus... a Jesus... depois em relação a você... eu vivia com a consciência pesada em relação a você sem nunca ter dito uma palavra que não fosse doce...

— Mas... Eu... no nosso casamento... eu era bom... não fiz mal a você...

— No mundo cor-de-rosa em que vivíamos havia uma crueldade implícita e uma brutalidade que me fazem medo quando eu penso...

— Não... não...

— Sim... sim... sim... sim... sim, mamãe... sim querido... sim, sim, todo mundo... sim... eu abro as pernas... sim, eu vou sorrir... sim, meu amor... você sorrindo com superioridade sobre minha inocência... obrigada... coitadinha... tão bobinha... tão fraquinha... eu gosto tanto desta bobinha... não é, minha bobinha? E ela sorria, amando... como eu gostava de não existir... eu era nada... nada... eu era... "talvez"... eu era tua... de noite todos iam dormir... todos... pai... mãe... você... e eu ficava na cama: quem sou eu? Sou um ventinho? Eu sou neném? Sou um buraquinho com umas coxinhas gordinhas para ele enfiar o pau de noite? Entre lágrimas de amor? E eu comecei a enlouquecer... a gostar mais e mais de ser nada... ser "talvez"... e a tua crueldade comigo... a crueldade da tua desatenção... crueldade do teu carinho vindo do alto... e eu esperava você de noite... esperava chegar o caralhinho... o caralhinho... o barulho do carro... as chaves, tuas chaves... e ali vinha ele... o caralhinho de rodas... fom... fom... que tinha um ser sem nome esperando... sozinha pintadinha... um talvez... caralhinho chegava e entrava em talvez...

Eu... permita-me usar o "eu"... eu rezava na época... rezava para Cristo... Cristo era você... Cristo era lindo... Cristo era um jogador de vôlei dando uma cortada por cima da cruz... eu rezava... pra você... Cristo... nesta altura nosso filho já havia nascido...

Dentro de minutos eu vou mudar... eu vou sofrer mais... sei que vou sofrer... você está pronta com o punhal. Meu Deus... vem... vem... dor... vem... morte... quero saber... vem... me corta ao meio... vem, dor...

— Eu saía na rua e via as outras mulheres... todas... todas... falando... sim... sim... sim... sim... pareciam galinhas pintadas... sim... sim... cílios postiços... laquês... biquínis... nuas... bobas... sim... e os homens brutais, de carro, gordos... berrando, atacando, mandando... e nós bondosas... como gostamos de servir... como nos dá prazer "dar"... nos fingimos de sérias pra ninguém perceber senão seria um massacre... como gostamos de ser humildes... aí eu já vivia num mundo de sombras, eu louca, louca... noite dia, noite dia... as mulheres na rua sim sim... eu lendo revistas pornográficas... escondia na Bíblia... e mais culpa... culpa... eu sentia culpa... de quê? Não fiz nada... meu Deus... até que um dia...

Graças a Deus... vai acontecer... ela vai dizer o que não sei...

— Um dia... morreu minha avó... você se lembra... você estava em São Paulo... eu me vestia pra ir ao enterro... pus roupa preta... meias pretas... ligas pretas... e passava batom claro na boca... e de repente... eu comecei a me pintar mais... mais... mais... mais... batom mais vermelho de todos... pintei os olhos de negro... e pus os cabelos para o alto... e comecei a ficar de uma felicidade insuportável... pintei o bico dos meus seios... cheios de leite... e pintei minha barriga com uma cruz e fiz uma seta negra na minha coxa... na coxa...

E saí na rua... toda pintada e de vestido negro... e parei numa esquina... os carros passavam e eu dizia baixo pra mim: "Sim sim sim", um carro parou, um carro de luxo, eu sim sim... o carro de prata parado na minha frente, e eu pensava: "Minha avó está morta"... e os amores-perfeitos? E eu? E eu? Minha avó? E eu?... Fui com ele... fui... sim... sim... No motel o homem enlouqueceu... só faltou quebrar tudo... me botou em todas as posições... me comeu... a tarde caía... eu não via nada... só espelhos e luz colorida... e eu voava... voava no Motel Havaí... era Havaí... eu voava... nunca fui tão feliz na minha vida... eu dizia... minha avó morta... onde estará meu marido? E o homem me cobria de notas... dinheiro... eu aceitava... meu rosto borrado de tintas no espelho... e aí... eu com uma cruz de batom no peito... dei... dei de mamar para ele... meu leite sagrado... dei de mamar para ele que nestas alturas já estava chorando... o homem não entendia nada... ele era da Companhia Vale do Rio Doce... e dizia: "Eu sou da Vale do Rio Doce!"... Só isso que ele dizia: "Eu sou da Vale do Rio Doce!"... E eu dava de mamar a ele... eu sempre tive muito leite... e de noite... as luzes do motel brilhavam quando saí no carro dele feito um sonho... o motel se chamava Havaí... um sonho de valsa!... Foi minha valsa... eu dei de mamar a um executivo nacional no dia da morte da minha avó, num motel mágico de neon!...

Meu Deus... do céu... seremos punidos... eis o casal perfeito do país em ruína... o pai de família comido pela Marilyn Monroe casado com a vaca leiteira dos executivos nacionais... estamos perdidos!... Que será de nós?...

Você queria a verdade? Está tendo tudo... Daí em diante eu não parei mais... eu era feliz... finalmente eu não tinha mais culpa na alma... de noite eu te beijava e pensava... sou uma criminosa... finalmente livre... Fui todas as mulheres... a rainha do striptease... Miss Brasil... Vênus!

— E teve outros?...

— Muitos...

— Quem...?

— Gente que passava... homens que passavam nas ruas... homens do meu Brasil... rapazes... senhores... bancários... vendedores de remédio... eu era uma... um... serviço social... eu fazia um serviço social aos homens do meu Brasil...

Meu Deus... o que é isto?... Eu queria uma vida sã... por que não? Ser pai de filhos... saúde... sol...

Se nós morrêssemos quem ia tomar conta do menino? A moça da cortina?...

Meu Deus... ela ia lá hoje... quero cortina com flores vermelhas... toda estampada...

— Enquanto eu trabalhava... a senhora dava para os homens do Brasil...

— É... servia o Exército...

— Mas... nenhuma culpa?

— Nenhuma... só alegria... eu pensava: "Ele está trabalhando..." e era melhor ainda. Às vezes eu te ligava do motel... é...

Meu Deus... eu estou ficando excitado!... Eu sou o mais sujo dos homens!...

— Perfeito... querida!... Aí está!... A senhora chegou aqui ostentando pureza... que vivia triste... com nossa separação... e a verdade veio à tona... feito um peixinho... a verdade boiando na piscininha feito um cadáver... conseguiu destruir a menina pura que havia dentro... parabéns...

E mais homens?... Eu queria saber mais... mais... eu sou pior... pior que ela...

— Silêncio! Ouve!... foi a coisa mais pura da minha vida... quando eu penso... como explicar? Um rio... um rio de esperma... e eu dentro do rio... braços... bocas... eu ia descendo o rio de esperma feito um balé aquático... homens passando... gemendo... que coisa maravilhosa ser puta! Toda mulher brasileira devia ser louca e prostituta!... há uma hora em que a gente começa a morrer... aí, tem de sair... eu saí... será que foi verdade? Sonhos? Foi a época que eu mais te amei...

Tenho a certeza... tenho... meu fim será triste... vou acabar mal...

— Não me arrependo um segundo... Eu me sentia totalmente desamparada... desamparada... no mundo vazio... e eu louca... a vida só é vida no limite da loucura... só assim vale viver... desamparada... hoje eu sou assim... louca e desamparada!...

— Ótimo!... Então... podemos dar fim a esta sessão de sadomasoquismo? A senhora vai pra casa desamparada e eu vou tomar um porre na grande noite do Rio, hoje vou tomar um porre de gim! Passar três dias em coma! Ah, vou!!!

— Silêncio! Ouve mais!... Eu estava no extremo limite da loucura... e você não sabia de nada... pra você eu era a bonequinha de seda... sempre... tua filhinha... teu amorzinho... E eu era a maior puta rampeira do mangue... eu dizia pra mim... "eu amo este homem... e ele não me conhece..." Eu te amava e você não dava valor a mim...

— Como não?

— Não dava... você era superficial... ria alto... tinha a superioridade dos cafajestes felizes... tua confiança em mim era um insulto!

— Como?

— Eu era um brinquedinho pra você... mas... eu era uma heroína, e ninguém conhecia meus feitos! Eu tinha atravessado a nado um rio de esperma e ninguém sabia! Tinha atravessado o Canal do Mangue e ninguém sabia! Então eu pensei: "Tenho de fazer este homem ficar no desamparo... eu não tenho mais volta... esse homem que está na minha frente tem de morrer, pra nascer outro, pra nascer outro... não posso voltar atrás... eu não sou a bonequinha dele... eu sou a putona de Ipanema! Eu sou a dama do lotação! Eu sou a puta que o pariu!... A puta... que... o pariu..."

— A puta... que... me... pariu...

— Eu pensava... não posso amar um homem que não é desamparado como eu... não posso... este homem rindo na churrascaria de camisa de voile! Tem de morrer! Vai morrer! E, de repente, sim, eu não tinha mais pena nenhuma de você... E eu vingava todas as mulheres em você, vingava minha mãe, minha avó, eu pensava nas pobres mulheres arrasadas que eu conheço... destruídas... eu vinguei as mulheres que os homens destroem...

Engraçado... eu gosto de sofrer?... quando eu comecei a gostar de sofrer?... Daqui a pouco o sol vai nascer... ... o sol... nascendo... vai nascer um sol escuro... preto...

— Mas aí eu percebi que eu ainda não era livre, que eu ainda era a tua mulher obediente... eu fazia tudo que você, no fundo, queria, tudo que tua perversão pedia, tudo que faz mulher de cafajeste, tudo que o cafajeste quer... eu era objeto de um jogo onde você não fazia nada mas mandava em tudo! Então... eu fui além... fui além... e sim... sim... eu de repente parei de te amar... como um relógio pára de repente... eu parei de te amar... às três e quarenta e cinco em punto de la tarde, eu parei de te amar... e comecei a amar outro homem!...

— Eu não quero mais ouvir!! Eu não agüento mais! Eu não quero mais ouvir!!!

— Tem de me ouvir!!! É a minha vida!!!

— Me deixa, mulher!!! Vai embora!!! Vai embora, não quero mais ouvir!!!

— É a coisa mais importante de minha vida!! Tem de ouvir!!! Vai ouvir!!! Nem que eu te mate, se não me ouvir eu te mato!!!

Um revólver! De onde saiu o revólver? Do meio desta mata de cabelos, batom e seios? O revólver, de onde veio esta arma que ela me aponta com os olhos cheios de água? Meu Deus... engraçado... eu não tenho medo... se ela me matar... se ela atirar eu viro névoa e vou flutuar entre as pernas dela, leve, em volta do corpo dela...

— Você vai me matar?

— Ouve!!! Eu me apaixonei por outro homem, porque você não me emocionava mais. Eu vi nos olhos dele uma beleza que era *eu* e que teus olhos não refletiam mais... Ele me ouvia... esquecia de si mesmo e me ouvia... ele se encantava comigo, com meu ar em volta... E eu ia surgindo daquela adoração como uma santa surge da fé... ele era mais feio, mais fraco que você, mas tinha uma delicadeza que você nunca teve... Meu Deus... como eu amei aquele homem!... Eu uivava nas camas, a vida jorrava dentro de mim feito água, nos braços, nas pernas, a vida jorrava... eu uivava, comia muito, bebia, cuspia, suava, ficava suja, me arrastava nele, me arrastava no chão, lambia terra, urinava na mão dele... mordia, gritava, babava, cuspia, gemia, gemia, gemia, gemia... meu Deus como eu me lembro, você passava na minha frente louco, magro, meu Deus, meu filho, como você emagreceu... meu filho você precisa comer... meu filho... e você foi diminuindo de tamanho, você foi ficando pequeno... sim... sim... sim, é verdade, desamparado...

Como você me amou naquela época... eu nunca fui tão amada na vida... por dois homens ao mesmo tempo... nunca você me amou tanto... homem só ama quando perde a mulher... você me adorava, tonto dentro de casa, sem conseguir sair... como foi bom ver você de fora... antes eu vivia dentro de você... e você ia nascendo na minha frente, fraco... pequeno... e à medida que você ia nascendo... ele ia sumindo... sumindo... sem sofrer, porque ele sabia... que estava de passagem...

Será que eu nunca mais vou te esquecer? Será que nunca mais vou olhar para um espelho sem ver você refletida? Será que nunca mais vai chover sem eu ver a chuva molhando o teu rosto?

— Nós somos sobreviventes de um desastre... mas eu quero te dizer que... aconteça o que acontecer... quero que você saiba... quero que você diga para as mulheres que você conhecer... que lá no fundo... onde eu fui... é só escuro... eu desci no poço de Alice... sem fundo... e lá, na solidão completa, de repente surgem uns peixes luminosos... embriões flutuando à sua volta... os filhos da tua coragem... e você começa a subir de volta... sentindo uma alegria nova... e não é a tal da "purificação pelo sofrimento" não, é ver... ver... que há qualquer coisa eterna na tua loucura... que a tua loucura é eterna... real... como o vento... o fogo... as árvores que se moviam na minha infância... hoje minha loucura é verdadeira como as coisas... aí eu comecei a me sentir uma habitante do planeta, igual... à miserável... igual à faminta... eu sou verdade... como a miséria... como os bichos... e também quero que você saiba que quando eu vejo você caído no chão, fraco feito um trapo... você passa a ser meu herói de novo... engraçado... quanto mais fraco você fica, mais gosto de você... nós dois... destruídos... sem pose... desamparados... aí eu nos quero... aí eu nos amo... eu acho que a gente tem hoje uma dignidade que nunca teve... era isto que eu queria te dizer... te dar... como um presente de amor...

Que são estes relâmpagos que se acendem em volta dela?

Que silêncio é este que eu sinto nas coisas e dentro de mim?

Por que estamos um distante do outro, assim tranqüilos, como ao fim de uma viagem?

— Olha... mulher... nós somos... um embrião que saiu do outro... eu saí de você... e você de mim... eu não sou teu homem... Eu sou tua mãe... você é filha de mim... com a Marilyn Monroe... a Marilyn Monroe é... teu pai!!

— É... e eu... sou... a puta... que nos pariu...

Ela baixou o revólver. Que luz é esta que entra por trás dela e tinge seu rosto de um vermelho-lua, é a Lua? Que riscos são estes no ar?

Por que ele está absolutamente calmo? Por que eu me sinto abraçada sem que ele me toque? Eu me sinto dormindo em seu colo apesar de estar longe dele. Somos dois bichos, um casal de bichos, juntos e distraídos. E, no entanto, eu vou ter de ir embora... por que eu vou ter de ir embora? A porta está lá pronta para ser aberta, e meus pés vão descer a rua, e eu vou ver cada fragmento do chão, cada ponta de cigarro, cada palito, cada miséria do chão da cidade, olhando de cabeça baixa, minhas lágrimas caindo na calçada... e eu vou ter de ir... vou ter de ir... ir... ir... ir...

Meu Deus... por que ela vai andando para a porta, arrastando os pés? Por que a porta não se tranca sozinha, não explode nos gonzos, por que o olho mágico não solta veneno, por que a maçaneta não voa batendo nas paredes, por que o elevador não se entope de pedras, a escada vira ladeira meu coração abaixo, a mangueira de incêndio não se solta e jorra fogo em todas as direções? Por quê?

— Eu queria... te dizer... agora... que a gente... realmente está se preparando... eu queria te pedir desculpas... por ter sido tão grosso... estúpido... esses anos todos... só agora eu te vejo... me perdoa... me perdoa... por favor...

— Não tem de pedir desculpas de nada... nós não sabíamos o que estávamos fazendo... você foi bom pra mim... e eu hoje tenho um carinho enorme por você... agora que vamos nos... agora que sabemos que acabou mesmo...

— É... agora acabou mesmo...

— Agora que terminou tudo... a gente consegue ver a beleza do outro... é isso... já vou indo... vou embora... tchau!!

— Pera aí... Já vai?... Eu preciso dizer que você é uma mulher de uma coragem incrível... puxa... você... uma ex-filhinha de mamãe... segurar a barra que segurou... puxa... é incrível...

— E você?... puxa, meu am... meu querido... se você soubesse como está tudo ficando claro na minha cabeça... agora que acabou... você é um homem incrível... tem de se orgulhar... se orgulhar... estes babacas com quem eu saio aí... nem saio mais com ninguém... são uns idiotas... não chegam aos teus pés...

— E você. Você é linda... quente... sensual... inteligente... me diz... tem mulher mais inteligente que você? Diz...

— Ah, tem... tem...

— Onde? No Brasil não tem... eu não conheço... quem?

— Tem... ah... tem... sei lá...

— Tem nada. Você é o máximo!

— Você acha mesmo?

— Se eu acho? Você é um espetáculo!

— Que nada... sou uma pobre mulher... começando a vida de novo... que nada... vou indo... tchau... tchauzinho!!

Meu Deus... não consigo ir embora!

— Tchau, tchauzinho...

— Olha, o que te falta é se dar valor... se dar valor... você é maravilhosa, tem tudo pra ser feliz! É só ter coragem... esse período que passamos juntos foi fundamental para a nossa formação... foi a nossa educação sentimental... hoje, revendo tudo... eu vejo como a gente foi importante um pro outro... poxa... eu posso ter perdido uma mulher... mas ganhei uma amiga! Não é formidável? Uma amiga!

Como? Teremos mãos vazias em vez de beijos? Rostos pálidos, olhos frios, em vez de febre?

— Quer dizer... que... a gente... nunca mais vai... se casar?

— Não...

— Nunca mais... a gente vai ser... namorados??

— Não...

— Por quê?

— Não sei...

Ela está chorando! Me olha através da chuva!!!

— Eu... Eu queria que você fosse o Super-Homem e eu aquela moça que voa com ele em cima de Nova York... eu queria ser a noiva do Super-Homem... voando... linda...

— Chorando? Não chora não... eu sou teu amigo... querida... meu anjo... nós temos tudo para sermos felizes como amigos... a vida é uma coisa fecunda... fantástica... a vida é um fantástico show da vida, milhares de pessoas maravilhosas à tua espera, homens fantásticos... vamos sair desse bode... já imaginou como pode ser rica a tua vida, "sem mim"?!

Você não percebe, querida? A gente não perdeu nada! Não perdeu amor nenhum!... Quer dizer... perdeu o... amor, mas ganhou outra coisa muito melhor: a amizade! E o que é esse tal de "amor"? Uma bobagem inventada pelos poetas provençais do século XIII. Você acha que sempre houve amor? Não houve não... não tinha amor na Grécia... em Roma... na Babilônia não tinha amor...

— Tinha o quê?

— Sei lá... tinha... sacanagem... isto! Sacanagem e... sólidas amizades!... Só... Tudo isso é uma bobagem que o cinema americano usou pra faturar!...

— Puxa! Isto está me dando uma alegria!!!

— Claro, meu amor... minha cara... não é ótimo? Ai, meu Deus, que peso estamos tirando de cima de nós!...

— Ai, meu Deus! Que alívio!!

— Ai, que peso que saiu... ai, que horror o tal amor pegajoso nojento, feito dois sapos grudados!... Ai, que alívio!...

— Que maravilha! Vida nova! Vida nova!!! Uma coisa mais moderna, mais feliz, mais livre!!

— É! Mais punk! Mais fliperama! Mais eletrônica!

— É! Mais digital! Mais cibernética! Mais 2001 dos espaços siderais!

— Eu sou a replicante intergaláctica dos espaços siderais!!!

— Um drinque! Um drinque ao nosso futuro feliz!

— Claro!!! Sabe por que você está alegre? Porque está livre do amor! Amor é a coisa mais infernal que existe! Amor é uma bosta!!! Uma bosta!

— Claro, meu amor... amor é narcisismo... instituição narcísica... depois de Freud... todo mundo sabe...

— Depois de Marx, querida... milhões morrendo de fome... capitalismo, reprodução da propriedade privada... reacionarismo!!! Pelo amor de Deus...

— Amor é pra vender jeans na televisão...

— Pelo amor de Deus... caretice... Santa Maria... negócio seguinte: você pode ser de seiscentos homens... brancos... pretos... índios... viajar, se drogar, pode tudo... teu corpo é um laboratório de sensações... pode tudo... vai ficar se ligando num idiota... num babaca como eu?... pelo amor de Deus...

— Claro! Eu quero ser punk! Punk! Aliás, punk não, são muito grilados, quero ser neopunk! Neonewwave! Só e feliz! Sozinha, no meio das diversões eletrônicas!! Só me interessa sex and rock!! baby!! Quero ser comida por dez neopunks em cima dum fliperama, muito doida, com zero de sentimento de culpa!!! Eu sou uma blade runner!!

Meu Jesus! Não deixe ela ir embora... Fazei com que esta porta se eletrifique e que ela tenha um choque de dez mil megatons nas unhas vermelhas quando encostar na maçaneta e vire uma estátua de sal que eu fique lambendo como uma vaca eterna na sala de jantar, no living room, na sala de viver...

— Bom, meu querido e mais recente amigo, tchauzinho!!!

Por que ele vai me deixar ir? Por que ele não me lança uma corrente brutal que prenda na fivela do meu cinto Fiorucci e me enganche para sempre no pé da mesa?

— Tchauzinho, amiga, tudo bem... mas deixa eu te dizer uma coisa... Estamos certos!!! O mundo está acabando, o Brasil, atenção, está fechando! Tem mais é que curtir, o amor é um barato que já foi legal, mas está superado... há outros esportes mais modernos!!!

— Quais, amigo?

— Ora, amiga, sei lá... o sexo indiscriminado... prazeres computadorizados... a cobiça, os venenos, as viagens proibidas... os mistérios de Nova York, o Oriente, os andróides, até... o crime!!!

— Se bem, amigo, que eu não posso levar o menino para a creche, toda vestida de couro, com dois crioulos me dando pico na veia!!!

— Amiga, você é o máximo! Que senso de humor!

— Você acha?

— Você? Você é um espetáculo!

Agora não tem jeito, ela vai embora... a mão que me masturbava junto ao rádio ligado do carro, jazz luminoso na minha pele, esta mão está a dois centímetros da porta... e vai abrir...

— Bom... eu já vou indo, my friend, acho ótimo que a gente esteja amigo... acho ótimo mesmo... na boa... ótimo, acho ótimo mesmo... na boa... ótimo, na boa... você... você viu minha bolsa?

— Sua bolsa? Deixa eu ver...

Vou demorar horas procurando esta bosta de bolsa pelo chão... o batom dela vai derreter antes que eu ache a bolsa, o ruge, o caderninho de endereços com os outros homens vai sumir, esta bolsa cheia de pílulas e camisas-de-vênus vai custar a aparecer... Esta bolsa vai custar a aparecer, enquanto eu ganho tempo para inventar um jeito de ela não ir embora, por exemplo, vejamos, eu posso por exemplo dar uma tal imagem de grandeza masculina que ela nunca mais possa viver sem mim, posso me erguer, andar até ela como um Humphrey Bogart e, cigarrilha na boca, dar-lhe uma bofetada na cara que lhe descore o batom, e ela caia, coxas à mostra, para sempre apaixonada, histérica é assim, na porrada, a bolsa está lá perto da parede, crocodilo falso, um falso crocodilo, um jacaré hipócrita me olha, pedindo para ir embora, jacaré filho-da-puta...

— Deve estar atrás do sofá, querido... a bolsa é uma de crocodilo verdadeiro, marrom... acho ótimo a gente ser amigo... me dá uma calma... uma alegria... vê ali atrás...

Como é bom ver ele de costas, assim, abaixado no chão, como ele fica inofensivo, assim, ajoelhado, trabalhando por mim... coitado... fico tão triste de ver suas costas, ele está mais magrinho, tão bonito está, costas a que eu me agarrava e me sentia protegida, músculos de cavalo que me carregavam protegida... como a gente fica triste de costas... vontade de ir lá e fazer festa na cabeça dele, ele ia gostar tanto... como... vou viver sem você ao meu lado?

— O quê? Que que você falou?

— Eu? Nada... eu não falei nada!

— Não falou?

— Não! Nada!

— Eu ouvi! Eu ouvi... "viver a meu lado"... eu ouvi!...

— Você tá doido!...

Cacete... ele adivinhou meu pensamento! Vou pensar em outra direção, vou pensar em direção às antenas dos edifícios, vou pensar para o horizonte de Copacabana, vou pensar em direção à África, lá longe, para ele não ouvir meu pensamento... meu pensamento se mistura na sujeira da cidade, na imundície dos terraços da cidade para ele não me ouvir...

Vou botar uma música para ela não ir embora, para ela ficar sempre ali de silhueta olhando a cidade lá embaixo, eu vendo na contraluz do sol a anca, perna para sempre, nunca mais partir, ficar olhando, mistério das pernas perfeitas, o mistério das pernas perfeitas, e vai ficar congelada pela música, violino, um violino feito o corpo dela que treme um pouco, um vento no cabelo, meu Deus, que linda, estou ficando de pau duro, um violino, vou botar um violino... está entrando um incêndio pela janela... vou botar a Chacona da Partita em Ré Menor de Bach, a maior música jamais feita... para ela não ir embora...

Estou pensando em direção à África, ele não me ouvirá com o ruído dos tambores selvagens, misturado ao meu pensamento...

Meu Deus, está ventando por dentro das minhas calças de palhaço, um vento que vem dos pés e sobe pelas pernas, um vendaval me fustiga os pentelhos *e incendeia meu pau que sobe, nunca vi isto, desenha-se uma pirâmide nas minhas braguilhas barrocas, o faraó Líbero Badaró construiu uma pirâmide enorme para guardar seus tesouros eternos!... O pau está subindo por causa do violino, Partita em Ré Menor, ré maior, Deus... Deus... tesão e ternura... ternura...*

— O que que você disse?

— Eu?

— É, você, amigo!!

— Eu não disse nada, minha filha...

— Disse sim!... Eu ouvi!... "Não sei o quê, ternura"... eu ouvi!!!

Adivinhou meu pensierino! Il mio pensiero, vou enfiar a cara no alto-falante para ela não me ouvir, vou enfiar a cara neste violino louco...

— Que música genial... que é isso?

— A Chacona da Partita em Ré Menor, de Bach...

— Clássicos... agora você ouve?

— Não... só ouço esta música, só. Bach e jazz...

— É linda!...

— Podes crer...

— Alucinante...

— Legal mesmo...

— Um barato...

— É jóia... não é... por que você não senta um pouco?... Para ouvir melhor... ouve este pedaço, ouve...

— É...

— Não é o máximo?...

— É demais...

— Fica um pouco mais...

— Não, eu tenho que ir indo... Bye bye...

Eu estou de costas mas vejo a música que ferve em torno dela como espuma prateada e lhe entra pelo corpo e lhe sobe até o queixo que fica de fora e avança até o rosto com a boca vermelha para a porta navegando como proa de navio.

— Pois olha, querida, agora que você está aí com a porta entreaberta, pronta para sair, eu preciso te dizer uma coisa da maior seriedade, uma coisa fundamental que é essencial para a verdade dos nossos sentimentos, a verdade da nossa relação. É uma coisa fundamental. Básica. Básica. Basilar!

— O que é, homem de Deus? Diz, fico até nervosa com tanta seriedade...

— Olha, ouve bem...

— Estou ouvindo, o que é?

— É o seguinte: eu queria, desejaria, mais que tudo, eu ardo, quero, desejo, que você fique parada aí e eu venha e lamba teu corpo todo, com minha língua e vou subindo chupando as bordas das tuas roupas, os elásticos da tua calcinha, chupando o interior das tuas coxas, chupar tua bocetinha, teu umbigo, chegar até sujar minha cara de batom, rímel e beijar a tua boca e ficar agarrado nos teus cabelos e pronto, ficar enforcado nos teus cabelos, pendurado, balançando, balançando nos teus cabelos, todo esporrado, com tua baba escorrendo da minha boca, isso que eu quero te dizer na maior seriedade, na boa.

— Não! Não! Por favor! Não! Pelo santo amor de Deus! Não estraga tudo!!! Nem pensar! Calma! Senão a gente estraga tudo!

Se ele me pegar eu deixo... a mão dele no meu peito... fica duro... duro...

— Não há hipótese!!! Não quero!

— Não vai estragar nada, só um beijo, meu anjo, só beijo, tá? Sem chupão...

— Não! Pelo amor de Deus... não quero entrar de novo num beco sem saída... eu te peço... não... eu te imploro, fica quietinho!

— Só um pouco... uma vez... eu juro.

— Não! A gente teve uma vitória hoje! Vitória, coisa séria, adulta, adulta!

Adúltera, adúltera com meu homem... adúltera comigo mesma... eu quero... quero???

— Não quero, meu querido! Por favor... vamos ser radicais! Vamos ter orgulho do que conseguimos... deixa eu ir embora numa boa... senão depois vai ser um bode horrível...

— Poxa, estamos discutindo aqui há sete horas... e não vai ter nem um premiozinho? Premiozinho, sei lá... prêmio de melhor diálogo...

— Sem brincadeira... fim de papo. A gente está separado. Nunca mais vamos encostar no corpo do outro.

Eu via você indo... na distância da praia eu via... você indo... eu pensava... um dia esta menina vai me abandonar... chegou a hora... ela vai me abandonar...

— Não tranca a porta! Me dá a chave! Me dá! Não brinca!

Paixão de Cristo... confortai-me... água do lado de Cristo, lavai-me... ele é Cristo, jogando vôlei por cima da cruz!... Lindo... ele!

— Não chega perto de mim!

Silêncio!

O corpo dela está parado... vou me aproximando devagar... vejo seu rosto se aproximando, seus seios se aproximando, imagino que devo estar parecendo um bico visto de fora, se aproximando, para cheirar ela... os peitos arfam, estou me chegando, mais perto, já vejo os poros da pele... um cheiro deve ter, vou cheirar... cheiro de perfume francês... mas por trás do perfume, outro, outro perfume... outro cheiro... agora, cheiro de suor de medo... fleur de la peur... flor do medo... ela não se afasta do meu nariz de porco-selvagem que se aproxima de suas axilas, seus braços erguidos ajeitam o cabelo, nus, meus olhos vêem, meu nariz cheira, vou chegar mais um milímetro... ouço minha barba crescendo... ouço a carne nela, pêlos nas axilas, não se moveu... o silêncio é total... só cortado pelo violino que é um risco vermelho no ar da sala, o violino vai amarrando tudo numa corda luminosa, as cadeiras, os meus pés nas pernas dela... mais perto... ela não se moveu... ouço minha barba crescer... ouço meu esperma se formar nas cavernas... ouço minhas papilas se enchendo de saliva e minha língua começa a se estender do fundo da minha boca e minha língua começa a tremer...

— Por favor, não se aproxime!...

Ela não se mexeu... minha língua vai chegando mais perto... estou a milímetros da axila esquerda que é a base de um imenso braço branco que, erguido para um céu de cabelos negros, os alteia, um infinito braço de mármore que o céu esconde no fim... agora só há entre a ponta da minha língua e o braço dela a lâmina do violino; pode ser, meu Deus, que se minha língua tocar a axila dela, ela não se mexa e me conceda a glória de lambê-la lentamente... pode ser que ela não se mexa, mexer-se-á ela? Mexer-se-á? Linguá-la-ei e ela não mexer-se-á? Será?

— Sim...

Terá ela dito sim ou eu imaginei? Olho para cima onde se alteiam sua cabeça e os braços em ânfora... sim? Ela terá dito "sim" ou imaginei?... Um breve bater de pálpebra... deve querer dizer "sim, é possível...", vou tentar, atenção... lá vou eu...

— Pára, por favor!...

De onde vem no meu corpo este uivo longe que eu ouço? Dos meus pés, eu sinto a minha infância subindo, ouço minha mãe me chamando dos meus pés, minha mãe de dentro de uma manhã dentro de mim... ele está com o rosto enfiado, me olhando de baixo, sinto um ponto luminoso na minha axila, que estará ele fazendo de tão delicado? Uma agulha mole embaixo de meu braço, uma agulha mole me dá um frio nas pernas, começo a ter vontade de mijar, mijar como uma criança se mija nos braços da mãe, deixando o mijo correr quente pelas pernas abaixo, e ele move a agulha mole em minha glândula, será talvez a língua dele?... a língua... a linguagem... a língua portuguesa?... Isto que ele move, uma palavra mole em minha axila, um palavrão mole e duro em minha carne... é isto!... Na verdade é uma palavra que ele mexe dura na minha carne mole, que palavra é esta? Que palavras?... Somos palavras, na verdade é isto? Só somos palavras? É isto que somos? Só palavras?... Mas como? E a carne? Não tenho carne? É... sou palavras, muitas palavras guardadas dentro de uma carne grande que ele deseja, que ele tateia com a língua dura, mole palavra molhada, alguma coisa está se passando debaixo de meus vestidos, começa a babar em minhas pernas, sem que eu saiba, minhas coxas começam a ficar babadas, está saindo água do lado de Cristo de dentro de minhas pernas, descem umas babas, uns babados... babas...

— Não...

Será que ela disse não? Pode ser impressão minha... ela não disse nada... minha língua está nela e ela não disse nada... Sinto apenas que sua pele se aqueceu um pouco... e agora eu movo minha língua em direção à alça do seu vestido e começo a descer em direção à ponta de seus seios; que mão é esta que me abre caminho? Será dela, ou será de Deus? A alça escorre pelo braço, eu chego no papilo enrugado de seu peito e minha língua encontra uma ponta de seio, rosa, duro, na pele branca aquele acidente de terreno. A prova do bicho: de outro modo eu acharia que ela era uma planície de seda branca. O bico do peito, a prova do bicho, bilhões de anos para formar a glândula, é por ali que se entra no corpo, pelos pêlos, pelos buracos, ali está o milênio, para além da seda, do nylon, ali está o milênio... minha boca se abre, eu, ousado porco-selvagem, o javali tenta um pouco mais, minha boca se abre...

— Não!...

Não ouço nada... javalis não ouvem, não falam, só metem a boca nos peitos das moças brancas... e minha boca guarda este seio e mamo, mamo, mamo, eu sabia que tinha outros cheiros além do perfume, cheiros muitos, baba, cheiro de baba, de planta cortada, comida...

— Não! Agora não! Pelo amor de Deus, não! Chega! Eu quero sair desta casa já! Eu quero ir embora!!!...

Vou sair ventando pelas janelas como um guarda-chuva agarrado pelo vento e vou flutuar em cima da cidade, estou fugindo dele, longe, minhas anáguas de pára-quedas, minha mãe acenando, ele me olhando correndo nos terraços, arrebentando antenas de tevê... ir embora daqui... embora...

— Quero ir embora!

Por que ela de repente como uma zoom se abriu e ficou pequenina no fundo da sala, do outro lado, me olhando tremendo, por quê? Há um segundo, eu olhava seus poros de perto e via um a um! Eu continuo andando em sua direção e nada no mundo vai me parar mais em sua direção, nem a morte vai me parar em sua direção porque ela é meu destino e nem a morte vai me parar mais em sua direção e se eu morrer eu continuo andando andando e conquisto a eternidade e viro uma sombra eterna e santo Deus, que tudo seja louvado pois eu atingi a coragem, eu toquei a verdade um instante! Eu caminho em direção a ela e nada vai me parar nem a morte...

— Fica longe! Estou com medo! Vai!

Ele atravessa a sala e seus olhos estão vazando luz como um robô movido a laser e ele vai derrubando cadeiras e atravessando portas e vem vindo! Ele vai me matar, ele vai me matar com essa música que não pára? Este violino cortando tudo feito faca, ele pega esta música como uma faca no ar e vem pra mim... ele vai me matar...

Por que ela está com o revólver de novo na mão apontando na minha direção e me acenando com a outra mão? Eu acho que estou louco, quando foi que eu fiquei louco? Ela vai atirar em mim, vai, pode, pode, pode... pode matar, é estranho porque eu não tenho medo, eu não tenho medo...

— Pode! Pode matar, minha querida! O gatilho será apertado e as seis balas voarão lindas e prateadas pela sala e entrarão no meu peito varonil do meu Brasil!

Ele que estava longe na sala vem crescendo, crescendo, mas eu não sinto medo, estranho, ele vem como uma fera mas eu nunca o vi tão seguro e calmo...

— Tenho coragem! Não paro nunca!

Ele vem vindo, mas eu não sinto medo; ele é uma fera doce, dos seus olhos saem dois raios verdes, eu vejo uma chuva de lágrimas que lhe cobrem o rosto, ele está todo molhado de lágrimas... ele está chorando... e rindo, sua boca está rindo, ele está feliz, vindo...

O revólver está apontado na minha direção... ela vai me matar agora... Pronto... Eu reencontrei... o quê? A eternidade é o mar alado com o sol ao lado. Por que ela não atira em mim?... Já estou perto e sinto o cheiro de baba de novo, baba, flor, cabelos nascendo da cabeça, negros, os dois seios, a mão dela rasga a blusa, arranca a blusa, por que ela não me matou ainda?

— Atira, pode matar!

A saia dela, ela arrancou a saia de couro, a calcinha, tudo no chão, tudo, a bolsa de crocodilo, o falso jacaré, o sáurio hipócrita, no chão, por que ela não me matou ainda? Com o revólver apontado, por que ela não me matou ainda agora? Com o auge do violino tecendo uma corda em volta do meu pescoço, agora, sua boca está sorrindo, agora a música entra pelo meu cu, meu Deus, os cabelos dela estão em pé, se ergueram no ar, estão espalhados no ar, a boca vermelha saiu do rosto e voa batendo nas paredes, por que ela não me mata agora? Vai atirar, nua, sapatos altos e nua e nua e os cabelos erguidos pela eletricidade e a boca vermelha voando, e o mistério das pernas perfeitas, os saltos-agulha cravados no chão e seu braço se ergue, com a arma, e seu braço se abaixa com a arma e ela atira, está atirando no chão, nas roupas, no jacaré falso, no chão, nas roupas, à queima-roupa um dois seis tiros no chão, e sua mão se abre e o revólver cai!... Não estou morto...

Agora eu estou deitada aqui quietinha, imóvel, para sempre deitada e você pode vir vindo, milímetro por milímetro se arrastando na minha direção que eu estou deitada, revólver exalando fumaça, e você pode vir, eu te vejo caído no chão vindo, vem, vem, vem, vem...

— Sim... sim... sim... sim... sim... sim... sim... sim...

A noite caiu e eu não tenho forças para acender a luz e meu corpo e o dela estão colados, um no outro, como um bicho de duas costas, e sinto lentamente o esperma que se endurece em volta dos pêlos de nosso sexo unido, uma espuma seca em nossos pêlos molhados, silêncio absoluto, céu negro na sala, no chão a escuridão em volta de nossos pêlos esporra-

dos e a boca dela, a boca vermelha voltou ao rosto e agora está colada na minha boca...

Minha boca está doendo de tantos beijos, e está colada ao rosto dele e de tanto beijar-lhe o sexo, o batom está no pau dele e espuma branca na minha boca... e os seios dela estão calmos e quentes, eu me lembro de minha mãe, finalmente eu deito nos seios de minha mãe de novo... e como o coração dele está batendo devagar, coração de atleta, e em primeiro plano está sua cabeça e pela janela no céu eu vejo uma estrela fria de neon... e ela está com as pernas trançadas nas minhas e ele está com o pau latejando dentro de mim e quero que nunca mais saia de dentro de mim e agora que a música de violino parou não se ouve mais nada, nem o ruído da cidade, será que ainda tem cidade lá embaixo? Ou tudo parou? Meus olhos brilham no escuro e em cima do meu corpo sinto minha infância voltando no céu preto da sala minhas bonecas devem estar olhando no escuro, a loura, a moreninha... no escuro da sala ela continua enroscada em mim uma quente serpente da noite, seus lábios agora estão se movendo e beijando minha nuca, colados na minha nuca... a mão dele está pousada em minha boceta com a tranqüilidade que nunca vi antes, como apoiada numa coisa sua, é sua mesmo, é sua, ela não treme, segura minha boceta como um pai segura a mão de uma filha... sua boca vermelha se move mais ainda para perto de minha orelha, dois lábios vermelhos indo para meu lado enquanto sua mão sobe para meu peito, ela vai falar, eu sei, alguma coisa ela vai falar debaixo das estrelas geladas... Meu menino, meu corpo de homem, meu menino meu bandido, meu menino meu Cristo de calças jeans, meu menino meu cowboy, meu filho meu tesouro... minha mulher, por que ela é assim uma convergência de carnes e belezas e volutas que voam para o vértice da boca vermelha que treme agora em meu pescoço uma cobra cintilante vai falar, vai se aproximar mais de meu ouvido no escuro deste apartamento, voando no espaço deste apartamento, mergulhado na sombra com quatro janelas para a galáxia, e esta cobra cintilante vai falar no escuro... eu quero dizer alguma coisa a ele, alguma palavra que não se perca, uma palavra que não morra congelada pela luz das estrelas frias, os lábios dela tremem, o coração dela bate, o coração dele bate, a mão dela no meu sexo, dona do meu sexo, a boca dele colada em minha nuca, a boca dela se abrindo, ela vai falar...

— Eu queria dizer...

Um beijo fecha minha boca, um beijo fecha minha boca!

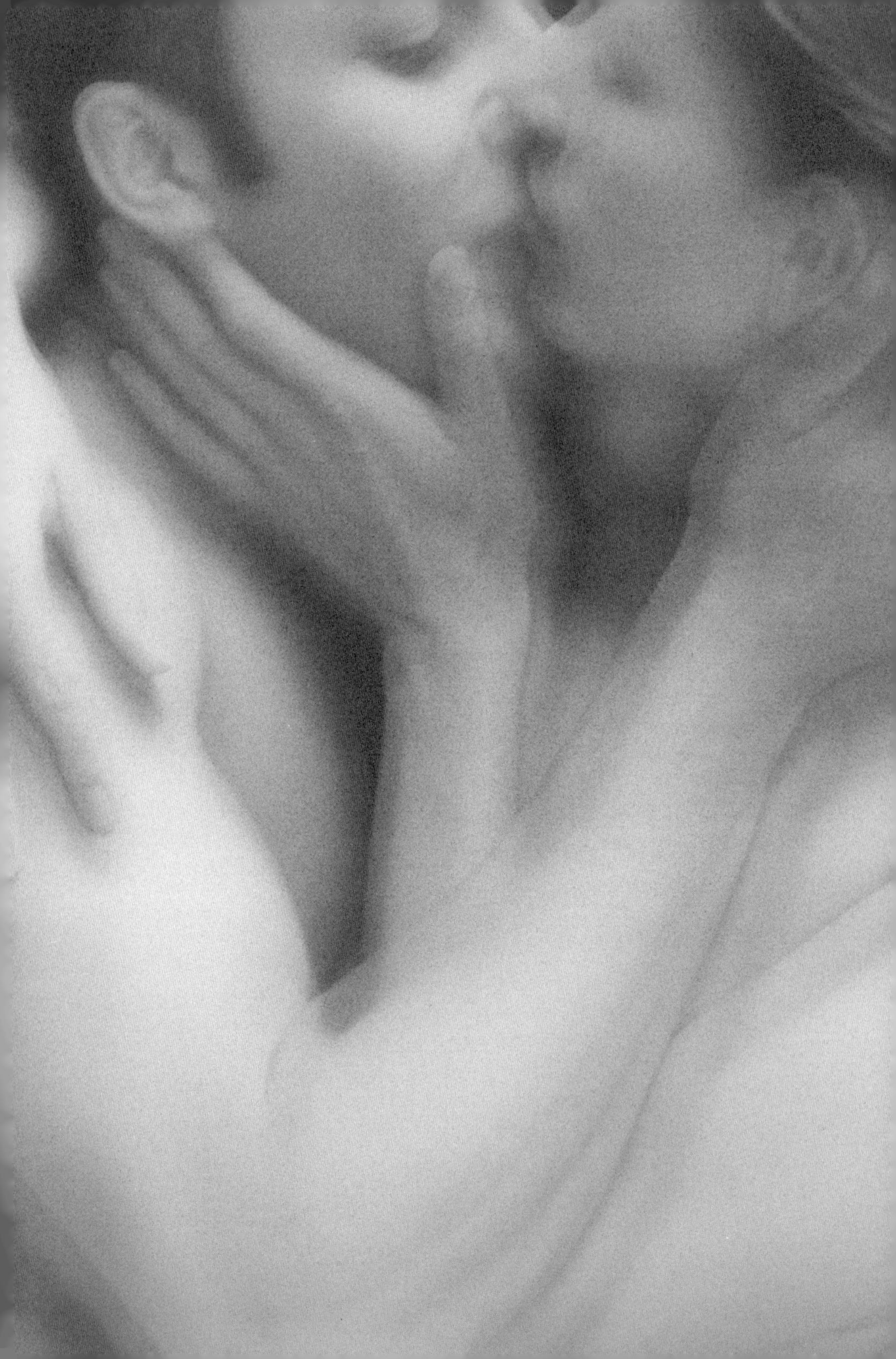

Copyright © 2007 by Arnaldo Jabor

Edição revista pelo autor

Todos os direitos desta edição reservados à
EDITORA OBJETIVA LTDA., rua Cosme Velho, 103
Rio de Janeiro – RJ – CEP: 22241-090
Tel.: (21) 2199-7824 – Fax: (21) 2199-7825
www.objetiva.com.br

Capa e Projeto Gráfico
Angelo Venosa

Imagem de Capa
Barnaby Hall/Photonica/Wide Images

Imagens de Abertura
Barnaby Hall/Photonica/Wide Images
April/Getty Images/Stone Collection
Marin/Getty Images

Imagem de Miolo
Lisa Spindler Photography Inc/Photonica/Wide Images

Produção Gráfica
Marcelo Xavier

Produção Editorial
Maryanne Linz

Revisão
Diogo Henriques
Neusa Peçanha
Onézio Paiva

Editoração Eletrônica
Abreu's System Ltda.

CIP-BRASIL. CATALOGAÇÃO-NA-FONTE
SINDICATO NACIONAL DOS EDITORES DE LIVROS, RJ.

J12e
    Jabor, Arnaldo
        Eu sei que vou te amar / Arnaldo Jabor. – Rio de Janeiro : Objetiva, 2007
        133p.   ISBN 978-85-7302-810-2
        1. Novela brasileira. I. Título.
07-0304.   CDD: 869.93
                                    CDU: 821.134.3(81)-3

Conheça mais sobre nossos livros e autores no site
www.objetiva.com.br
Disque-Objetiva: (21) 2233-1388

Este livro foi impresso na
LIS GRÁFICA E EDITORA LTDA.
Rua Felício Antonio Alves, 370 – Bonsucesso
CEP 07175-450 – Guarulhos – SP – Fax: (11) 6436-1538
Fone: (11) 6436-1000 – e-mail: lisgrafica@lisgrafica.com.br